甲子園でもう一度
きみに逢えたら

片瀬真唯子
KATASE Mayuko

文芸社文庫

目次

甲子園でもう一度きみに逢えたら

1　けったいなおっちゃん

見上げた空からは、いくつもの光の筋がまっすぐに降りてきて、甲子園球場の外壁を覆っている無数の蔦の葉を照らしていた。生ぬるい風が吹いて緑の群生が一斉にざわめくと、その眩しさに身体ごと吸い込まれそうになった。全国高校野球選手権大会と書かれた専用門をくぐる時、なぜだかまるで、自分がこれから試合をするかのような興奮に胸がさわいだ。

売店や土産物屋が並ぶ仄暗《ほのぐら》い屋内通路には、冷たい飲み物や記念品を買い求める人々が列をつくり、天井付近に設置された小さなテレビモニターの下に群がる人々が、煙草を吹かしながら試合の様子に見入っていた。熱気がこもった通路の先に、スタンドへ繋がる入り口が見えた。

コンクリートの階段を上がりきり、その境目に立つと、真っ青に澄み渡った大空がひらけた。乾いた空気と人々の大歓声。ブラスバンドの小気味よい演奏。遠く離れたアルプススタンドの応援合戦が全身に響いてくる。グラウンドでは第二試合が今まさに大詰めという展開らしかった。すり鉢状になった底の舞台で繰り広げられる真剣勝負の緊張感が伝わってくる。太陽の光を反射して目を刺すように輝く緑の芝が果てなく広がりゆく様は、この世のものとは思えない美しさだった。冴え渡る大空とグラウンドが交わる舞台を満場の大観衆が見守っている。初めて目の当たりにした甲子園球場の途方もない巨大さに立ちくらみしそうになりながら、私は一人分の空席を求めて歩きだした。

中央特別自由席、バックネット裏のグリーンシートが、見渡す限り人で埋め尽くされている光景を眺め、思わずその場にくずれそうになった。うだるような猛暑の中、全身から汗を噴き出しながら長蛇の列に並び、ようやくシート券を手に入れたというのに、辿り着いた場所はどこも、人、人、人……、どれだけ見渡しても、空いた席が見当たらない。……恐るべし、甲子園。

三十代も半ばとなれば、日焼けが気になる。これ以上のダメージを受けるわけにはいかないからと、チケット売り場で四十分も並んだというのに、この有様だ。受け容れ難い現実を前に、私は茫然と立ち尽くした。

はるかアルプススタンドでは、ブラスバンドの演奏にあわせて、応援団が高らかに声を張り上げている。センターの向こうに聳《そび》え立つスコアボードには、延長十一回表、三対三の同点であることが表示されていた。

球児たちが無垢な魂をぶつけあって闘っているというのに、紫外線は女の天敵だからと、邪《よこしま》な気持ちでチケット売り場に並ぶような不届き者が来る場所ではないのかもしれなかった。抱いていたイメージは、あっけなく打ち砕かれた。夏の休日を高校野球でも見ながら過ごしてみる。陽射しを遮る涼しい場所で、よく冷えたビールを飲みながら、いつもとは違う夏の一日を味わってみるのもいいかもしれない……そんな甘いものではなさそうだ。白球を追いかける若者たちが死に物狂いであるなら、それを見守る者たちにも相当な覚悟が必要であるらしい。

すでに全身は滝に打たれたような汗に濡れ、照りつける陽射しが肌を焦がし、喉の渇きに口の中が粘ついている。ノースリーブにハーフパンツという無防備な格好で来てしまったことを今さら後悔しても遅すぎた。甲子園球場のシンボル、銀傘《ぎんさん》と呼ばれる巨大な屋根の下で観戦すれば、紫外線を浴びることもないだろうと安易に考えていたのが間違いだった。ここではもはや、太陽から逃れることはできないらしい。たとえ三六四日のあいだ美白に徹しても、残りの一日を真夏の甲子園で過ごしたなら、一年分の努力を無駄にしてしまう、そういう場所なのだろう。そもそも、動機が不純だった。まず、そこからして諦めるべきなのかもしれない。やはり彼にはもう二度と、逢えないのかもしれなかった。

そんなことを自問していたわけだから、その空席を見つけた時は、奇跡だと思った。

大袈裟に言えば、天からの啓示のごとく一筋の光によって、その座席は照らされているように見えた。ただひとつ問題なのは、そこがバックネット裏、三塁側寄りの最前列だということだった。ネットの向こうはそのままグラウンドという座席で、はるか頭上の銀傘がつくりだす巨大な影の一部に身を隠すこともままならず、刺激的な直射日光を浴びるには最適の場所だった。私は観念した小動物のようにうな垂れ、灼熱の太陽の餌食となるべく、唯一の空席と思しき場所へ向かって階段を下りた。

近づいてみるとそこは、カップルシートと呼ぶような二人がけの座席になっていて、すでに片方のシートには中年男性が踏ん反り返って試合を観ていた。たぶん連れがいるのだろうと気落ちしながら様子を窺ってみると、どうもそうではなさそうだ。男性は一人で来ているらしく、通路側の座席がぽっかりと空いている。荷物もないし、人がいた形跡もない。ほっと胸を撫で下ろし、挨拶程度に軽く頭を下げながら、手前の空席に身を滑らせた。

腰を下ろすと、バックネットの向こうに広がるグラウンドがぐっと迫ってきた。見る角度が違えば、同じ景色もまた違って見えて、新鮮な驚きとして胸を打った。高く盛り上がったピッチャーマウンド。正面に聳えるスコアボード。その両側の天辺《てっぺん》に掲げられたそれぞれの校旗が、浜風に吹かれて靡《なび》いている。試合は三対三の同点のままこれから延長十一回の裏に入るところで、甲子園球場は緊迫した空気に包まれていた。

第二試合が目的でないとはいえ、知らず心が引き寄せられていく。

延長戦に突入し、グラウンドからは重苦しい緊張感が伝わってくる。どちらかが勝者となり、どちらかが敗者となる瞬間が近づいていた。どちらの味方でもないが、決着をつけるということが、ひどく惨いことに思えてくる。選手も応援団も、どちらのチームも一生懸命なのが伝わってくるから、その現実を見るのは傍観者としてもつらいところだ。

小さく息を吐いた時、隣の男が立ち上がった。

「ええかあ！　若者たちよー！」

突如、驚くような大声を張り上げた男を私は見上げた。黄色いメガホンを口に当て、大きく息を吸い込んだ男が、続きの言葉を放った。

「今を……、生きろォォォ！」

獣の遠吠えかというようなその声に気圧されて、あたりがしんと静まる。

おっちゃん、何言うてんの……私は心の中でツッコミを入れながら、そのけったいな人物に釘づけになった。

思えばこんな特等席が空いているなんて、都合がよすぎるではないか。超満員の甲子園球場で、ネット裏の最前列が、まるで人々から避けられているみたいに空いているなんて！　どう考えてもおかしいだろう。嫌な予感が押し寄せる……。

黒のアロハシャツに、白い半ズボンを穿き、前のめりになってグラウンドを睨みつけている横顔には、凄味がある。サラリーマンという柄ではない。アロハの下にさらしを巻いていたとしても違和感がない、むしろそのほうが相応しいとさえ思える。横目で窺ってみると、はだけた胸元にはシルバーのネックレスが光っていた。もしかすると、恐い人かもしれない。毛量の多い黒髪を丹念に撫でつけたオールバックに陽の光が反射してギラつくように輝いている。その撫でつけ方には、気合いが漲っている。全体的な印象としては四十歳くらいに見えるが、こうして間近で見上げてみれば、深く刻まれた眉間の皺や日に焼けた肌の質感から五十歳以上のようにも見えて、年齢不詳だ。

天のおぼし召しと思いきや、厄介なことにならなければいいけれど……。私の視線など気にもせず、おっちゃんはまた大きく息を吸い込んだ。

「過去も未来も関係ない！　今、この瞬間をその胸に刻むんや！」

熱い、熱い、熱すぎる！　私は叫びたくなった。

「今この時は今だけや！　もう二度とこの時間、この場所には戻られへんねんから！」

そんなことは当たり前でしょうが。

「負けを畏《おそ》れるな！　闘う相手は、オノレ、やさかい！　後ろ振り向いたらアカン！　アカンでぇ！　前だけ見るんや！」

もういい加減にしてよ。小さく舌打ちし、試合のクライマックスに集中しようとした、その時だった。

「ええか、よう聞きや、いっぺんしか言わへんで……。野球の神様はな……」

その言葉に、私の中の何かが反応した。

野球の神様……いつかどこかで聞いた言葉が、打ち上げられたボールのように素っ飛んで、記憶のトンネルへ潜り込んでいった。

私はその人を見上げ、続きの言葉を待った。

「野、球、の、神、様、は、なあ！」

そこでいったん息継ぎし、さらに大きく息を吸い込んだ。

「今、ごっつ、悩んでる！」

ガクッ。私は大袈裟に肩を落としつつ、それでも視線を逸らせずにいた。

「神様を自分の味方につけるんや！　こっちへ向かすねん！」

その時、おっちゃんの叫びを掻き消す音がグラウンドに響いた。

カキィンッ！

乾いた打球音と、息を呑むような一瞬の静寂に続いて、どよめきが起こった。セカンドランナーが全速力でサードを駆け抜け、頭からホームベースに突っ込んでくるまで、どよめきと歓声は続いた。ゲームセット、サヨナラ。劇的な幕切れ。仲間たちと肩を抱き合い喜び合う球児たち。晴れやかな笑顔で校歌を歌う彼らの姿を巨大なカラービジョンが映しだし、スコアボードの天辺では校旗が誇らしげにはためいている。堪えきれぬ涙を泥だらけの腕で拭い、甲子園の土を袋に詰める球児たち。鮮明に浮かび上がる勝者と敗者。すべてが夢のようなシーンの連続だった。

そうしていよいよ、第三試合の開始時刻を待つだけとなった。昂ぶる気持ちを落ち着かせるためにも、まずは一息つきたかった。

「すみませーん！　生ビールくださーい！」

声を嗄らしながらスタンドを右へ左へ行ったり来たりしていたアルバイトの若者に向かって、私は大きく手を上げた。甲子園に着いたらまずはビールを飲もうと決めていたのに、チケット入手と座席確保に手間取ったうえ、ちょうど試合が佳境という状況にタイミングを逸していた。

目が合った彼は満面の笑みを浮かべ、飼い主から名前を呼ばれた犬が尾を振りながら駆けてくるみたいに、背中のビールサーバーを左右に揺らし、一目散にコンクリートの階段を下りてきた。

「ありがとうございます！　生ビールひとつですね！　少々お待ちください！」

額から流れ落ちる汗が邪魔をして上手く作業ができないらしく、彼は何度もTシャツの袖で顔をこすりながら、いよいよタンクのビールを紙コップに注ぎ込もうとした。

「兄ちゃん。悪いけど、ビールはいらんで。ほかへ行ってや」

驚いて振り向くと、眉間に皺を寄せたおっちゃんが両腕でバツをつくり、じっと彼を睨みつけている。鋭い眼差しとその風貌を見れば、誰だって腰が引ける。

がっくりと肩を落とし、アルバイトの若者は階段を上がり始めた。

「姉ちゃん、ビールはアカンやろ」

私が口を開くより先に、おっちゃんが言った。

「子供たちが真剣に試合してるんや。観るほうも真剣に観なアカン」

少々後ろめたい気もしていたが、たかが生ビール一杯飲むくらい、私の自由ではないか。

「ほんで姉ちゃん、一人で来たんか？」

「そうですけど、それが何か？」

ほとんど感情を込めず機械的な口調になるのは、こういう質問には慣れているからだ。

「一人で野球観戦、えらいもの好きなやっちゃ」

そういう自分だって、一人のくせに。

「それより、姉ちゃん、飯食わな。腹が減っては戦はでけへんからな。カレー食べに行こ」

「カ、カレー？」

いったい何を言いだすのだ、このおっちゃんは。

「結構です」

「第三試合を観に来たんやろ？　まだ時間あるさかい、今のうちに昼飯や。おっちゃん、奢ったるさかい」

「結構です」

もうすぐ母校の試合が始まるという大事な時に、こんなけったいなおっちゃんとお昼ご飯を食べている場合ではない。というか、そんなシチュエーション、あり得ない。

「姉ちゃん、名物甲子園カレー食べたことあるか？」

「ありませんけど、それが何か」

「それはアカン。名物甲子園カレー食べとかんと、勝てる試合も勝たれへん」

「そんな馬鹿な」

「それはそうと」おっちゃんは人差し指で、少しこけた頬から尖り気味の顎のラインをなぞりながら、目線を上げた。そこに浮かんでいる、おっちゃんにだけ見える言葉を読み上げるように。「ここ最近、一塁側のチームが勝って、三塁側のチームは負けが続いとるなあ」

「嘘でしょう⁉」

「ひょっとして姉ちゃん、セトショウの応援かい?」

懐かしい響きを耳にして、思いがけず甘やかな感慨が込み上げる。

「そうか、セトショウの応援か。それやったらおっちゃんも応援したる。ほななおさら、名物甲子園カレー食べとかな、勝たれへんで」

「野球とカレー、なんか関係あるんですか?」

声を荒らげてしまってから、我に返った。啖呵を切るには相手が悪すぎる。いきなり恐ろしい本性を露わにされたらどうしようと思いなおし、首を傾げて無理やり微笑んでみた。

おっちゃんはみるみる目尻をたれ下げて、顔の前で両手をあわせた。

「ごっつ、カレー食べたいねん。頼むわ、姉ちゃん!」

向きあって見つめあうと、鋭さが消えた瞳はなんともつぶらで潤んでさえいるのだった。厄介なことになってしまった。これだから、関西人は困るのだ。

大阪で暮らすこと三年。関西人に対するコミュニケーション能力もようやく身についてきて、それなりに逞しくなったものだと自負していたが、敵はまだまだ強者がいるようだ。

東京本社から大阪営業所へ転勤してきた私をまず驚かせたのは、関西人のフレンドリーな体質だった。見ず知らずの他人に平然と声をかけ、そのまま会話が成立してしまう。偶然耳にした会話で、他人同士だったの？　そんなに盛り上がっておきながら！　という結末に何度遭遇したことだろうか。

そう、関西人は必要以上に声が大きいから、聞きたくなくても他人の話が聞こえてしまう。で、なんぼ？　へぇ、で、なんぼ？　と話の途中で何度も露骨に値段を聞く。話が単刀直入すぎる。他人の話に平気で首を突っ込んで、そのまま会話に参加する。他人同士でそうなのだから、気心が知れた仲ともなると、ずけずけどんどん深入りする。で、なんで離婚したん？　夫の暴力？　ちゃうのん？　借金？　パチンコ？　競馬？　女？　えっ、ちゃうのん？　嫁姑？　嫁姑？　嫁姑？　やっぱり！　うちもそーやねーん、どこも一緒やなぁ！　という具合に、どんな深刻な話も笑ってオチつけてこれで終《しま》い。

もちろん関西人のすべてがそうではないし、同じ日本人であり、同じ国に暮らしていることに変わりはないのだが、ときどきそうではないような気がしてきて、ここはどこ？　思わずそう呟いて、あたりを見回してしまいたくなるのだった。

三年前に転属された大阪営業所はまさに、それらを象徴するような場所であり、私にとってはいまだに異次元的な空間であるのだった。

二人の上司からは「ねえちゃん」と呼ばれ、後輩やパートさんからは「ねえさん」と呼ばれている。そう呼ばれることに慣れるまで、いったいどれだけの時間がかかったことか。私はあなた方の姉ではない、青田里咲《あおたりさ》、名前だってちゃんとある。そう心の中で言い返し、屈辱的な呼びかけにも耐えていたのだが、そこにいささかも悪意がないと知れば、けしからぬ愛称も土地柄ゆえの文化なのだと承知するしかない。

そもそも大阪営業所は、従業員五人というこぢんまりとした所帯で、アットホームで和気藹々《あいあい》とはしているが、緊張感や秩序といったものがことごとく欠けている。

コーヒーを飲みながら新聞を読み耽り、いつのまにか姿を消してしまう（たいていはパチンコらしい）所長と、部下にからかわれてばかりいる係長。いまだ学生気分が抜けていない新入社員。パート事務員の女性は、仕事の合間に家から持ってきたお菓子をつまみ食いし、トイレットペーパーや筆記用具、ゴミ袋にいたるまで、会社の備品を堂々と持ち帰ることが従業員の特権であると信じて疑わない中年の主婦だ。

このまま業績が伸びなければ大阪営業所は閉鎖されるという危機的状況にありながら、彼らにはまったく悲壮感がないどころか、私が躍起になって仕事をしていると、「そんな恐い顔して仕事してるからいつまでたっても嫁にいかれへんのやで」などと、本社なら即刻セクハラ問題に発展するような台詞を日常的に浴びせてくる。

むきになって言い返すほど図に乗らせると気づいて甘受するうちに、聞き捨てならない言葉のシャワーにもいつしか慣らされて、心地よくさえ感じているのだから恐ろしい。

ほとんど嫌がらせのような転勤を、なかば意地になって受け入れたことをあれほど後悔していたのに、いつのまにかいちばん嫌いだった曖昧な空気、「まあええやん、どないかなるわ」といった関西特有の雰囲気に馴染みかけている自分が信じられない。このまま関西の空気に染まるまいと必死に抵抗し、強烈なパワーを発散し続ける関西人に抗いながらも、どこか憎みきれないのもまた、関西人だった。

会社だけに限られたことではない。日常のあらゆる場面でその独特の異文化に触れることになる。

スーパーでトマトを選んでいると、ふと老婆が擦り寄ってきて耳打ちする。こんなん信じられへん、昨日より二十円高いでっせ、今日トマト買うのはやめときや、絶対あきまへん。そう言って、神妙な面持ちで下から顔を覗き込んでくる。霊能者のごとき物言いで、逆らえば天罰が下りそうな不吉な予感さえして、私は手にしていたトマトをもとの場所に戻し、夕飯の献立を考え直した。

また銭湯ではこんなこともあった。

私が今暮らしているマンションは、梅田から電車で二駅という場所にあり、何をするにも便利なところだが、細い路地を入れば平屋の長屋が続く懐かしい風景があり、街にはいくつかの銭湯があった。

週末にはときどき銭湯を利用するのだが、ある日、脱衣場でおばちゃんが、突然大声でしゃべりだした。そこにいたのは、おばちゃんと私だけだったから、それが私に向けて発せられた言葉であることは疑う余地がなかった。

「妊娠線を治したかったら、こんな体操すんねん」

突然そんなことを言われても……。困惑する私を尻目に、

「おばちゃん、五人ほど子供産んでるけど、いっこも妊娠線が出てへんやろ？」

腰にタオル一枚を巻きつけただけの格好で、おばちゃんは不思議な体操を始めた。

余分な贅肉はないが、年齢には逆らえず、皮膚は乾いて筋肉も弱々しい。原始時代を思わせる姿でせっせと体操するおばちゃんの姿を眺めながら、私は考えた。なにゆえこの私に妊娠線の話などするのだろう、と。したこともないし、する予定もない。まさか私の腹が、子を孕んでいるように見えたのだろうか。

せっせと体操に励んでいたおばちゃんは、「よっしゃ！」と最後に一発気合いを入れると、何事もなかったように派手な音をたててガラスの引き戸を開け放し、湯気の向こうへ消えていった。

こういうことは日常茶飯事で、駅の構内でも、公園のベンチでも、エスカレーターに乗っている時でも、マクドナルドで並んでいる時でも、関西人とのコミュニケーシ

ヨンは日々生まれる。いつからか私は、いわゆる「こてこて」と称される関西人に遭遇するたび、そのインパクトの度合いに応じてランクづけするようになった。それは目まぐるしく変動し、何気ない日常に新鮮な驚きとある種の感動をもたらしていた。

そしてまた一人、ランキング上位を狙う関西人に出逢ってしまったのだった。

三塁側のチームばかりが負けている、というのは単なる偶然で、名物甲子園カレーを食べないと、勝てる試合も勝てなくなるというのも単におっちゃんのでまかせに違いなかった。そんなことは明白だったが、結局私はカレーを食べた。それもおっちゃんに勧められるまま、大盛りのカツカレーを無我夢中で平らげてしまった。

給食が待ちきれない子供みたいに、おっちゃんは上機嫌だった。ネット裏最前列の座席を立つと、軽々と階段を駆け上がっていった。身体を鍛えているらしく、半ズボンから伸びた両脚には逞しい筋肉が浮かび上がった。あらためて見ると、おっちゃんはずいぶんと背が高く、やたらとアクションが大きいせいか、手足の長さが目についた。身体つきだけを見れば、元プロ野球選手とか元格闘家と言われても、そのまま信じてしまうだろう。

おとなしく従うほうが身のためか、これ以上かかわらないほうが賢明であるのか、逡巡している私をそのつどタイミングよく振り返り、こちらに向かって手招きをした。隙を見て逃げ帰ることもできたのかもしれないが、機嫌よくカレーカレーと大騒ぎしている人が、見た目のイメージどおり恐い人に豹変してしまう恐れもあった。容易に想像できるだけに、慎重に対応したほうが無難に思われた。

「おっちゃんのセガレは、甲子園に来たら決まってカツカレー大盛りやねん！」

他人が振り向くほどの大声を上げながら階段を駆け上がり、振り向きざまにピースサインをしてみせるおっちゃんに、私は苦笑いを返す。……そんなん、知らんがな。

「姉ちゃんもカツカレー大盛り食べなアカンでぇ」

「それは無理です」

即答するも、前方をゆくおっちゃんの耳には届かない。日頃の運動不足がたたって、息が切れてしょうがない。仕方なくコンクリートの階段を一段一段登って、遠く離れていきそうな背中を追いかけた。盛り上がった両肩の逞しい三角筋が透けて見えるアロハの背中を不思議な想いで見つめ、そのあとを追った。

再入場する際には必ず半券を見せるようにと、係員に念をおされてゲートを抜けて、スタンド裏の屋内通路へ出ると、機嫌よくモンローウォークばりに歩くおっちゃんを、すれ違う誰もが避けるようにして通り過ぎていった。かかわると碌《ろく》なことがないことを、誰もが本能的に察知していた。

要注意人物オーラをふり撒きながらやってきたのは、スタンド裏の建物の三階にある売店だった。看板には軽食堂と書かれているが、要は、通路で立ち食い、そういうスタイルの店だった。意気揚々と乗り込んだおっちゃんは、ステンレスのカウンターの中へ思いきり頭を突っ込んだ。

「おばちゃん！　カツカレー大盛りふたつちょうだい！」

いらち。関西人はいらちが多い。

まさに、これぞいらち代表とでもいうべく、おっちゃんは首を突っ込んだ状態のまま、ステンレスのカウンターに載せた右手指でピアノの鍵盤をレミレミレミレミと超高速で叩くように音をたて続けた。

「ごめんよう！　カツ売り切れやねーん！」

厨房の奥から、おばちゃんの声が飛んできた。

おっちゃんの指の動きが止まり、ステンレスの鍵盤が鳴りやんだ。

「カツが、ないいいい？」

おっちゃんは、カウンターに突っ込んでいた頭を引き抜こうとして失敗した。パコッ。ステンレスがへこむような、間抜けな音がした。カウンターの上側に後頭部を打ちつけたおっちゃんが大袈裟に呻いた。痛たあ！　痛てててて。ちっ！

奥からおばちゃんがやってきて、カウンターを挟んで、おっちゃんと睨みあった。

なんでカツがないねん、おっぱはーん！

ない言うたらないねん！　ふつうのライスカレーか、そやなかったらカレーうどんにしときぃっ！


どちらも一歩も引かず、徹底抗戦の構えとなった。

注文カウンターにはしだいに行列ができていった。それはちょっとした寸劇を見ているようだった。おっちゃんは巻き舌で啖呵を切り、おばちゃんはペリカンのように顎を突き出して応戦した。カツカレーが食べたいだなんて、ひとことも頼んだ覚えはないのだけれど……。ここはひとつ他人のふりをして、事態を静観するしかない。

これが関西の夫婦の図式なのだろうか。しまいには、おっちゃんが縋《すが》るように懇願したのだった。

「頼むわ、おばちゃん！　姉ちゃんにカツ食わしてやってえなあ。おっちゃんが両手をこすり合わせて頭を垂れる。しゃーないなあ、特別出血大サービスやからな！　仁王立ちのおばちゃんが勝利の笑みを浮かべる。

和解した二人に、どこからともなくまばらな拍手が送られる。何してんねん！　第三試合が始まってまうやろ！　行列の向こうから野次も飛ぶ。

「わたしらのお昼ごはん用によけてたんやけど、しゃーない、譲ったるわ。それでええか？　ハナコはん」

奥で様子を見守っていたもう一人のおばちゃんに了解を得ると、どこか嬉しそうに溜息をついて冷凍庫からカツを二枚取り出し、フライヤーの油の中へ滑り落とした。パチパチと軽快な音を響かせて油をはねあげ、こんがりと黄金色に揚がったカツにザクザクと包丁が入れられる。ほわっほわと白い湯気が立ちのぼり、肉汁がじゅわわっと溢れた。

そこまでしてありついたのだから、食べ残すわけにはいかなかった。名物甲子園カレーをじっくり味わうよりも、完食せねばというプレッシャーが勝ったが、おっちゃんがこだわるだけのことはある。

甲子園と銘打つカレーとは、いったいどんな味なのか？　野球少年たちが好みそうな家庭の味、おふくろの味などと勝手に想像を膨らませていたが、それらのイメージを裏切って、かなり辛口、大人味。まさしく私好みの味だった。揚げたてのカツを噛みしめると幸福感に包まれた。

しかしながらカツカレー大盛りをぺろりと平らげてしまうほどの胃袋は持っていない。どうにかこうにか完食した時には意識は朦朧として、自分はいったいどこで何をしているのか忘れてしまいそうだった。

頭上のテレビモニターには、グラウンドの様子が映しだされていた。グラウンドキーパーたちがきびきびとした動作で黙々とグラウンドを整備している。

スパイクの跡が無数についた土を均《なら》し、消えた白線を引きなおし、足元が掘れてしまったピッチャーマウンドを整える。それぞれの持ち場を手際よく作業していく。

白熱する試合展開が実況されているわけでもないのに、食堂にいる人たちの視線は、小さなテレビモニターに集まり、次の試合に向けて着々とグラウンドが整備されていく様子に見入っていた。

地面に伸びた白いホースを七、八人がかりで抱え持ち、カラカラに乾いた土へ水を撒く作業は、火消したちが力をあわせて消火活動をしているように見えた。荒れた土を均すための専用車を乗り回す姿は、大人の男たちが、くるくるとゴーカートを乗り回しているみたいで、微笑ましくもあった。ピッチャーマウンドを中心に美しい螺旋が拡がっていく。球児たちの真剣勝負を裏で支えるグラウンドキーパーたちの職人芸とでもいうべき仕事ぶりが、小さな箱のようなテレビ画面にリアルタイムで映しだされていた。

開け放たれた窓から目をやると、すぐそこに阪神高速の高架が迫り、その向こうに阪神電車の駅が見えた。

阪神甲子園駅と球場を繋ぐプロムナードは、これから試合を観戦する人、観戦を終えた人たちで埋め尽くされ、片側に並ぶ売店はどこも繁盛しているようだった。土産物や記念品、飲み物や弁当を買い求める人たちで溢れかえり、甲子園球場をバックに記念写真を撮る人々のはしゃいだ声が響いている。

球場周辺の賑やかな様子を眺めていると、高架下の駐車スペースに、派手な色でペイントされた大型バスが入ってくるのが見えた。続けて同じ型のバスが二台入ってきて、ブザーを鳴らしながら計三台がそろって横並びに駐車した。

気圧の急な変化で耳が痛くなった時のように、バスのブザー音が遠のいていき、かわりに心臓が音をたて始めた。

バスの車体にペイントされている擬人化された魚の名前が、ハマちゃんであることを私は知っていた。魚のイラストの横に大きく書かれたキャッチコピー『天然手作りの味　ハマちゃん蒲鉾』という商品名も知っている。地元商品をこれでもかとアピールする、一目で地方から乗り込んできたとわかるバスの前扉が開かれると、制服姿の高校生や父兄らしき人々が通りに溢れ出て、一帯が騒々しくなった。

「あ、シイタケ！」思わず自分の口を手で塞いだ。

上から見下ろすと、その人の頭頂部は、包丁で十字に切り込みを入れた椎茸のような形状で、禿げている。見覚えのある、特徴的な髪型だ。昔よりも切り込みの部分が大きく広がっているが間違いない、彼女はシイタケ先生だ。毛のない地肌の部分はやけに青白く光り、髪の毛はといえば年甲斐もなく妙に艶やかな栗色にいつも染められていたから、校舎の窓や階段の上から見下ろすと、その鮮やかな白色と金色がかった茶色とのコントラストが際立って見えた。

久方ぶりにお目にかかる椎茸状の頭頂部を凝視していると、テレパシーでも通じたかのようにシイタケ先生が視線を持ち上げた。眩しそうに上空を見上げながら、子供みたいに小さな手を翳し、懐かしいものでも見るように視線を巡らしている。セトシヨウが甲子園の常連校だった頃を思いだしているのかもしれなかった。大騒ぎしている女子生徒たちに周りを囲まれながらゆっくりと歩く姿は、まるで生きた化石のよう、と言っては失礼だが、思わず拝みたくなるような神々しさである。とっくに定年を迎えているはずだから、引率ではなくて、応援団の一員として駆けつけたのだろう。

若い男性教師が、拡声器を使って交通整理を始めた。

「瀬戸内商業高校応援団のみなさーん、正面に向かって左側、三塁側のアルプススタンドへ進んでくださーい」

癖のあるイントネーション、懐かしいアクセント……一行はまさしく、地元の応援団に違いなかった。

「あっ、タヌキおやじ！」

今度は堂々とその名を呼び、開け放たれた窓から身を乗り出し、指までさした。

立派に突き出ていたお腹まわりは少し寂しくなったようで、ずいぶんほっそりとした印象ではあるが、十八年前の面影はしっかり残っている。ダイエットに成功したのだろうか、病気をしたのでなければいいけれど。どうもこの頃は、痩せたの太ったの、やれ生活習慣病だメタボだの、そんな話題になりがちだ。

懐かしい顔を次々と発見して嬉しくなり、そのまま窓辺に身を乗り出していると、

「なんや、姉ちゃん。えらい楽しそうやなあ」

おっちゃんが一緒になって身を乗り出してきて、通りを見下ろした。

「知りあいでもおったか？」

「はい、高校時代の先生や、当時行きつけだった明石焼きのお店の大将とか……」

「明石焼きか……。やっぱり粉もん言うたら、たこ焼きか、お好みちゃうか」

十八年ぶりに見るシイタケ先生や、タヌキおやじ。見知らぬ制服を着た後輩たち。彼らは意外にも、四国の田舎町からバスに乗ってやってきたとは思えないほど、垢抜けて見えた。

白い半袖ブラウスの胸元にブルーのリボンを結び、グレーの生地にブルーのチェック柄というミニスカートと、紺色のハイソックスを履いている。今では一般的な女子高生の制服であるが、当時、私たちが着ていたのは、チェック柄のミニスカートでもなければ、定番のセーラー服でもなく、なんの特徴もないシンプルなデザインの白いブラウスに、濃紺のプリーツスカートだった。

昔と違って、一見してそれとわかる不良グループなるものは、すでに絶滅している

様子だ。都会と田舎の差というものが、昔ほどかけ離れてはいないのかもしれない。後輩たちが運んできた空気感に、あの町の今を少しだけ感じたような気がした。たとえ世の中がどれだけ変わっても、あの町だけは時代と連動することがない、そう思っていたのに、知らないところで少しずつ変貌を遂げているのかもしれなかった。

あまりに素朴で、着くずしたりお洒落のしようもない制服だったけれど、あれはあれでよかったなんて、知らず知らず昔を振り返っている。過ぎ去った時を良き時代として懐かしむなど、老人のすること。今ではもうどちらかというと、高校生というよりも老人の域に近いのかもしれなかった。

先日、高校時代の友人、歩美《あゆみ》から言われた言葉が思いだされる。

――十五年前はハタチ、十五年後はゴジュウ、これって、すごくない？――

大袈裟でもなんでもなく、ただの現実を突きつけられ、慄《おのの》いた。

たしかに三十五歳の私たちの十五年前はハタチだったし、十五年後にはゴジュウになることが避けられない。厳密に言えば、今年で三十六になるわけだが、誕生日がくるまでは、まさか自分が年女であるなんてことは忘れていたい。

制服姿のセトショウ生や、ユニフォーム姿の野球部員たち、揃いのＴシャツを着た応援部、眩しいほどに華やかなチアリーダー、大小さまざまな楽器を手にしたブラスバンドのメンバー、父兄や関係者ら、町をあげての応援団が続々とバスから降りてきた。

胸にSETOSHOとマークが入ったユニフォームを着る野球部員たちの姿は、ひときわ誇らしかった。白地に紺糸でSETOSHOと刺繍されただけの飾り気のない古風なユニフォームは、昔のまま変わっていない。Sの一文字が白く浮かび上がる紺色の帽子もそのままだ。甲子園という大舞台で闘う野球部を応援するため集結した一団は、スクールカラーと同じブルーのメガホンを手に意気揚々とアルプスを目指していた。

十八年ぶりに見たシイタケ先生、タヌキおやじ、現役のセトショウ生……この感動を今すぐ誰かに伝えたい！　そう思って隣を見ても、けったいなおっちゃんが一人いるだけだった。

「ああ、うまかった。悪いけど食後の一服してええか？　ニコチン切れてんねん。甲子園球場いうたら、球児たちの聖地やさかい、プレーしてるその前で煙草は吸われへんからな」

おっちゃんが煙草を一服するのなら、私はビールが飲みたかった。でも、懐かしさと昂奮で胸が高鳴っている今は、冷たいビールも喉をとおらないかもしれない。

隣でおっちゃんは、おいしそうに煙草を吹かしながらスポーツ新聞を取り出した。テーブルに広げられた紙面には、『古豪復活・瀬戸内商業高校、二十一年ぶりの甲子園！』そんな見出しが躍っていた。

2　コーラの海で泳ぎたい

甲子園へつれてって。セトショウ女子の合言葉。

夏の甲子園、全国高校野球選手権大会に二十回出場、二回の全国制覇という歴史をもつ瀬戸内商業高校は、高校野球の名門として知られていた。

甲子園に出場しても一回戦敗退という記録が続くと、地元の人々からは愛情と皮肉を込めて『一回戦ボーイ』と呼ばれるようになった。自嘲気味に揶揄しながらも、どこか誇らしげに地元チームを話題にしていたが、私が入学したその年、ついに野球部は一回戦ボーイにさえなれなかった。県大会の決勝で敗れてしまったのだ。

セトショウ生なら誰もが甲子園へ行けるものと思っていたし、それが目的で志望校を決めた生徒も多くいた。生徒だけでなく、地元の人間なら誰もが信じていた夏の夢、みんなの夢だった。

ふたたび甲子園に出場することが至上命題となると、ますます夢の舞台は遠ざかっていった。

野球留学に力を入れ始めた私立高校が、セトショウに代わって県代表を誇るようになり、いつしかセトショウは県大会でさえも成績が振るわなくなってしまった。野球部の衰退と時を同じくして、地元の商店街も廃れ始めた。

セトショウは町の希望だった。

セトショウ野球部と商店街の復活を誰もが信じ、今は落ち込んでいるけれど、そのうちまた元気を取り戻すはずの野球部と商店街の未来を重ねあわせていた。

日本でいちばん面積が小さい香川県の、その中でもこぢんまりとして何もないところ。あるのは、駅前の小さな商店街『オリーブ通り』と、昔は野球の強豪として名を馳せていた瀬戸内商業高校があるだけ、そんなところ。穏やかな瀬戸内海に面した港町が、私の生まれ育った場所だった。

町の中央を南北にのびる商店街の北側には瀬戸内海が広がり、南側にはなだらかな円錐形の山が望めた。昔話の背景に描かれるようなシルエットで、山の緑が青い空に映えていた。

海沿いを走る電車の駅と瀬戸内商業高校とを繋いでいる商店街は、通学路でもあった。電車通学の生徒たちは、『せと』という名の古い駅舎で電車を降り、商店街を通って登校する。朝と夕方には、商売と関係なく、セトショウ生の笑い声で通りは賑やかになる。駅のホームからは海が見渡せ、潮の香りを存分に嗅ぐことができた。

駅前から続く小さな商店街は、私が幼い頃にはそれなりに繁盛していたし、端から端まで歩けば生活に必要なものはひととおり手に入れることができた。新聞の折込チラシを隈なくチェックして目玉商品を探したり、より安価な店へ出向いて買い物をするような習慣は当時にはなく、誰もが互いに馴染みの店を裏切ることがなかった。町も人の暮らしもそうやって成り立っていた。

商店街は子供たちの遊び場だ。

走りすぎる車を器用に避けながら縦横無尽に駆け回り、ゴム跳びの記録を更新し、ボール遊びに夢中になった。お腹が空けば挨拶ひとつで人の家に上がり込んだ。不法侵入の常習者である子供たちにとって、他所の家でご飯を食べさせてもらったり、お菓子を頂戴するのはごく自然なことだった。商売に忙しい大人たちは、取り決めをしたわけでもないのに、手が空いている者が少しずつ子供たちに目を向け、手を貸した。商店街全体が居残り学級みたいだから、両親が共働きでも鍵っ子はいなかった。

幼稚園からの幼なじみ、たばこ屋の娘、細川《ほそかわ》歩美と、肉屋の娘、前田典子《まえだのりこ》。そして私、青田里咲は家具屋の娘だ。私たちは商店街の三人娘と呼ばれて育った。

細川たばこ店は、歩美の祖父母が営んでいる店だった。歩美の父親はサラリーマンで、母親が主婦業の傍ら店にいることが多かった。商店街の角っこにあるので、子供たちからは「カドヤ」と呼ばれて親しまれていた。店には煙草のほかにも、お菓子やくじつきの駄菓子、アイスキャンデーなどが売られていて、子供たちが頻繁に利用していた。

アユちゃん、遊ぼっ！

カドヤのガラス戸を引けば、店番をしている誰かが出てきて、かならずチロルチョコをひとつ手に握らせてくれた。ときどきおばあちゃんが「出血大サービス」と言って、ベビースターラーメンを一袋ずつ三人娘にくれた時には、私たちは肩を抱きあって喜んだ。

ミートショップ前田の魅力は、なんと言っても、コロッケだ。

典子の祖母と母親が手作りしている「前田のコロッケ」は、少し小さめの楕円形で、スパイシーな濃い目の味が絶品だった。典子はいつも、コロッケなんて見るのも嫌、と言っていたけれど、私は毎日でも食べたいくらいに「前田のコロッケ」のファンだった。お肉はもちろん、コロッケのほかにもササミの揚げ物や焼き鳥、串カツ、ポテトサラダなど品揃えが豊富だったミートショップ前田は、まさに働く主婦の味方だった。毎日の食事づくりに嫌気がさした主婦たちにとって、心強い切り札だったに違いない。ときどき、晩ごはんの食卓が、てんこもりの揚げ物パラダイスになる夜は、母がささやかな休息を必要としているのだなと感じた。店の二階にある典子の部屋で遊んでいると、おやつの時間にはかならずコロッケが運ばれてきた。毎度毎度、それが嬉しくてたまらなかった。

おやつの時間にはいつも、お菓子やコロッケでもてなしてくれる二人の親友に対して、私はいつも申し訳ない気持ちでいっぱいだった。

うちは家具屋で、家具なんて、おやつにも遊び道具にもならない。

いつだったか店の中でかくれんぼをしていたのが見つかった時、商品で遊ぶとは何事だと父にこっぴどく叱られて以来、親友たちは青田家具店には近寄らなくなってしまった。父が商店街組合の青年部長をしていたこともあって、青田家具店は大人たちの溜り場みたいになっていたから、子供たちは寄りつこうとしなかった。店の奥には工房があり、家具がつくられていく様子は十分に子供たちの興味をそそったが、難しい顔をして仕事に集中している職人さんは子供たちの相手をしてくれそうになかった。

それでもいつか、青田家具店の出番が来る日を私は待っていた。

それは、二人の親友たちが嫁ぐ日だ。大型トラックの荷台いっぱいに婚礼家具を載せ、紅白の幕で華やかに飾り立てる。色とりどりの紙吹雪が舞い、たくさんの拍手の中、空高くクラクションを鳴らしてトラックが出発する日のことを想像するだけで、胸が熱くなった。その時が来たら、親友のために精一杯の祝福を送るのだ。彼女たちが幸せになれますようにと。自分がお嫁に行くことよりも、彼女たちの人生最良の日が来ることを私は夢見ていた。

幼稚園で出会ってから小・中・高と同じ学校に通っても、なかなか三人そろって同じクラスにはなれなかった。高校最後の年、ようやく長年の願いが叶った。

歩美も典子も、御多分にもれず甲子園を夢見る少女だった。

最後の夏に懸ける彼女たちの情熱はピークに達し、夏が近づくにつれ、放課後の話題が高校野球一色になった。それほど野球好きではない私は、なんとなく寂しい思いをした。

中学時代に根性ありきの部活にうんざりし、三人とも帰宅部だった。

そんな私たちの放課後の溜り場になっていたのが、『味処　大狸』だった。毎日食べても飽きないくらい、おいしい明石焼きを出してくれる。

女子高生の食欲は驚くほど旺盛で、歩いて数分という我が家までまっすぐに辿り着いたためしがなく、寄り道しては食欲を満たし、他愛のないおしゃべりに夢中になっては日が暮れるという毎日だった。

大きな蛸が入った明石焼きはとろけるようにやわらかい。鰹風味の温かいだし汁に浸して食べると口の中で溶けていき、あとに残った弾力ある蛸の歯ごたえを楽しむ。この旨みと食感がいつのまにか中毒になってしまうのだ。豪快さが魅力の大将がつくっているとは信じられないくらいに繊細な味つけでもある。そのうえ「かわいこちゃんにはサービスや」と気前よく、かき氷やあんみつを時々おまけしてくれるのが嬉しくて、皆勤賞なみに通いつめた。店先に飾られた、大将と等身大の、どことなく風貌も似ている狸の置物を拝まないことには、一日を終えられないというほどの常連客になっていた。

皆勤賞の合間に立ち寄ったのが、喫茶『ジュゲム』だった。

大狸にくらべて、特別に魅力的なメニューもないし、マスターの愛想も悪い。珈琲の名店というが、女子高生に珈琲の味などわかるはずもない。砂糖とミルクの入れすぎで、違う飲み物にしてしまうだけだ。ケーキとかチョコレートパフェとか、女子高生が喜ぶようなメニューはないし、無駄話で盛り上がれるような雰囲気もない。女子高生お断り、という貼り紙はないけれど、黙って飲むべし、という暗黙の空気が漂っている。

四十歳前後と思しきマスターの寡黙な横顔には、騒ぎたいなら出ていってくれ、そうはっきり書かれていた。

さすがの三人娘も、ジュゲムにいる時だけは静かだった。新鮮な果物をふんだんに使い、ミキサーにかけてつくられるミックスジュースをおとなしく飲みながら、そうして耳を傾けていたのが、ラジオだった。

放課後の時間にはきまって、最新ヒット歌謡曲のランキング番組が流れていた。ジュゲムへ行く時には、公衆電話からラジオネームでメッセージつきのリクエストをしてから向かったものだった。無言でラジオに耳を澄まし、自分たちのリクエストが読み上げられたなら、叫びたい気持ちをぐっとおさえてガッツポーズに力を込めた。勢いあまって甲高い声が漏れた時には、マスターの鋭い視線が飛んできた。

歩美も典子も光ＧＥＮＪＩの大ファンで、歩美はかーくん、典子は内海くん派だった。ザ・ブルーハーツやＢＯØＷＹなど、バンド好きな私の趣味に彼女たちは賛同してくれなかったが、私も光ＧＥＮＪＩは嫌いじゃなかったし、外で思いがけず耳にする音楽は不思議なほど胸が高鳴る。ラジオから低い音量で音楽が流れる静かな喫茶店は、私にとっても特別な空間だった。

その日の放課後は、大狸で待ちあわせをしていた。

なぜ待ちあわせる必要があったかといえば、私は日直当番だったし、歩美から涙ながらに頼まれた任務もあったので、三人そろって仲良く店に入るわけにはいかなかったのだ。

六時限目の授業が終わり、放課後のチャイムが鳴ると同時に歩美が駆け寄ってきた。思いつめた表情で私を見つめ、顔の前で両手をあわせた。

「どうしたの？」

帰り支度をしようとしていた手をとめて、私は歩美の顔を覗き込んだ。

「ずっと悩んでいたけど、もう駄目」

歩美の瞳が潤み始め、私は面食らった。

「いったい、どうしたの？」

「もういてもたってもいられない！　授業だってうわの空だし、なんにも手につかない。だからお願い。友よ、一生のお願いよ！」

あわせた両手の向こうで、歩美はきつく目を閉じた。一生のお願いは、これで三十回目くらいだろうか。

「お願いって、何？」

「聞きだしてほしいの……」

「聞きだすって、何を？」

「何をって……」

歩美は一瞬ためらうように言葉を濁し、みるみる頬を赤く染めた。

「山下《やました》くんのこと」

「山下、くん……？」

固有名詞を聞いてもピンとこない。山下くんというのは、歩美がひそかに想いをよせている野球部の男子で、隣のクラスにいることは知っているけれど。

「進学組の鈴木《すずき》さんと噂があるみたいだから、それが本当かどうかたしかめてほしいの。甲子園が終わるまでは、遠くから見ているだけでいいと思っていたけど、やっぱりもう駄目。就職協定じゃないけど、解禁日を待っていたら手遅れになってしまうような気がして。今すぐ真実が知りたい。だからお願い、リサから安西《あんざい》くんにそのことを聞きだしてくれないかな」

八クラスある商業科は、就職クラスと進学クラスに半分ずつわかれていて、私たちは就職クラスだった。そのほか情報処理科、英語実務科などがあり、全部で十二のクラスによって一学年が構成されている。とにかく理数系が苦手な私は、一日の半分は数学に費やすという進学クラスのカリキュラムを避けるためだけに就職クラスを選択し、歩美と典子は、いい会社に就職するためという現実的な理由からだった。

歩美はずいぶんと思い悩んでいるらしく、真剣な眼差しで見つめてくる。そういえば昼休みも少し元気がなかったような。力になりたいのはもちろんだが、それにしても腑に落ちない。

「で、どうして私が安西くんに？」

野球部員の安西くんはただのクラスメイトで、とくに親しい間柄でもない。

「今日、日直でしょう？」

歩美が首を傾げながら、黒板を指差した。

黒板の右端に、今日の日付と曜日、その下に日直当番である二人の氏名が白墨で書かれていた。安西俊紀《としき》、青田里咲。

「日直……！」私は息を呑んだ。

「どうしたのよ、鳩が豆鉄砲くらったみたいな顔して」

「だって、日直、あっちゃー！」

日直当番は、出席番号順に男女がペアを組んで担当することになっている。今日が当番だということを私は完全に失念していた。まる一日、何も仕事をしていない。それどころか、うっかり当番を忘れてしまったのは、今日だけではなかった。四月にクラス替えがあって以来、まだ一度もその役割を果たしていないのだった。忘れたあとで気がついて、今度こそ、と思っているうちにまた忘れてしまう。

日直当番にこれといった仕事はない。朝一番で教室の鍵を開けること。各授業が終わったあとの黒板を消すこと。放課後に日誌をつけ、最後に教室の消灯を確認し、戸締りをして、鍵を職員室に戻して帰る。それくらいのことだ。

たいしたことではないけれど、六月も終わりだというのに、まだ一度も当番の仕事をしていないというのは問題だ。サボるつもりはないのに、当番であること自体をすっかり忘れてしまう。だいたい安西くんだって、言ってくれればいいものを。自分の落度を棚に上げ、しまいには彼のことを憎らしく感じてしまう有様だった。

「それからこれ、野球部に差し入れ」

ぽかんとしている私の手の中に、歩美が無理やり押し込んできた。花柄模様がプリントされた、いかにも女の子らしい紙袋はずしりと重たい。

「自分で渡せばいいじゃない。ねえ、アユったら！」

駆けだした歩美が教室の前扉のところで振り返った。

「大狸で待ってるから！」

高く上げた手を振り、歩美は廊下で待っていた典子とともに消えていった。二人の笑い声が廊下の向こうで響き、同じように発せられたたくさんの笑い声や誰かを呼ぶ声が重なりあって、校舎のあちこちで反響しているのをしばらく教室の奥でぼんやり聞いていた。紙袋を持ったまま突っ立っている私の周りを、追いかけっこする男子と女子がぐるぐる走り回り、甲高い声を上げながら教室を出ていった。

騒がしかった教室が、しんとした。

教室の隅っこで何かひそひそ話をしていた二人の女子生徒たちも、話に区切りがついたのか、放課後の段取りが確認できたのか、いなくなってしまった。安西くんの姿もない。なんだ、彼も当番を忘れているのかもしれない。そう思ったら、気が楽になった。

誰もいなくなった教室は、いつも先頭を切って教室を飛び出す私には、見慣れない光景だった。

窓辺に立ち、校舎に囲まれた中庭を見下ろす。校舎から出てきた生徒たちが大小の輪をつくり、やがていくつもの輪が増殖していく様子を三階分の距離を隔てて眺める。渡り廊下の向こうに広がるグラウンドには、これから始まる部活動に向けて、着替えのために部室へ移動する運動部員たちの姿が点々と続く。梅雨の晴れ間の青空は、もうそこまで夏が近づいていることを感じさせるような眩しさだ。高校生活最後の夏が、もうすぐ始まろうとしていた。

「なんか感傷に浸ってる？」

驚いて振り返ると、そこに安西くんがいた。

「べつに、そんなこと……ないけど」

いきなり背後から声をかけられ、きょとんとしている私を、背の高い彼が見下ろしていた。切れ長で力のある瞳だった。そこに怒りの色が滲んでいないか、おそるおそる見上げると、遠く澄んだ空を見たような気がした。まっすぐに注がれる視線はただ涼しげで、なんの感情も読み取ることはできないが、そこに攻撃的な色がまったくないことに私は安堵した。こうして向きあってみると、なんだか初めて出逢った人のようだった。あらためてその背の高さを見上げ、形のよい坊主頭を眺めた。

「それより安西くん、今まで本当にごめんなさい！　ずっと日直当番のこと忘れてしまってて」

勢いよく頭を下げて謝り、それからゆっくりと顔を上げた。

安西くんはすっと視線を逸らすと、ベルトの位置が下がり気味になった黒いズボンのポケットに右手の親指をひっかけ、部活用のショルダーバッグを左肩にかけて歩きだした。

「日直当番の仕事その一、学級日誌をつけましょう」

誰もいない教室の古い床が、みしみしと音をたてる。白いシャツの背中がやけに大きくて、幅のない痩せた身体に不釣合いに映った。その後ろ姿を私は追いかけた。

「サボるつもりはないんだけどね、なんというかその、悪気はないんだけど……」

大股で歩く彼のあとをバタバタとついていったら、突然立ち止まった安西くんがくるりと向き直り、その拍子にけつまずいた私は、もう少しで彼のお腹あたりになだれ込みそうになるのを必死に堪えた。

「朝練があるから、朝イチで教室の鍵を開けるくらい毎日でもできる。黒板を消すのは教師たちが自分らでやってる。日誌を書くのは少々めんどうだけど、一人でできないわけじゃない」

安西くんはそう言うと、教卓の引き出しから黒表紙がついた学級日誌を取り出した。

「今日は私が書くよ。いつもやってもらうばかりで悪いから」

私は安西くんの隣に並んで卓上に開かれた日誌を覗き込んだ。安西くんは私の言うことなど気にもとめない様子で日誌を書き始めた。日誌と紐で繋がれた2Bの鉛筆がシャカシャカと紙面を動いていく。芯の先が丸くなった鉛筆を持つ右手は、野球をやるよりもピアノを弾いているほうが似合いそうな、長くてまっすぐな指をしていた。

「山田《やまだ》くん、欠席してたっけ？　遅刻はゼロって、本当なの？」

本日の欠席者、遅刻者、といった記入事項がするすると書き込まれていく。それらについてまったく把握していない私は感心して見入っていた。そして、今日のできごと、という欄を見て思わず叫んだ。

「安西くん、何これ！　青田が早弁って！」

「本当のことだから」

表情を変えることなく、安西くんは鉛筆を動かす。わざとくずしているようにも見える、きれいな字。

「それはそうだけど」

誰にも見つかっていないと思っていたのだが。私はぽりぽり頭を掻いた。

「そうそう、歩美から野球部に差し入れがあるの。手作りのスウィートポテト」

預かっていた紙袋を安西くんに手渡した。

「いいなあ、野球部の男子は。こんな差し入れがもらえるなんて羨ましい」

「どうせまた腹が減ったんだろ」

「バレたか。ひとつくらい、いいよね？　いただきっ！」

紙袋の中からスウィートポテトをひとつ取り出した。ひとつひとつ丁寧に透明のフィルムで包んでシールで封をしている。私にはとても真似できないような女の子らしい作業だ。

「青田が授業中に早弁、放課後に差し入れをつまみ食い……」

安西くんは分厚い日誌をばたんと閉じた。

「ちょっと、そんなことまで日誌に書かないでよね！」

ほんのり甘いスウィートポテトを頬張りながら、さらに頬を膨らませ、私は抗議した。

安西くんはスウィートポテトには興味を示さず、黒板消しを両手に持って、窓の外でパタパタやりだした。シンバルを叩くみたいな動作を繰り返すと、そのたびに白い煙が青い空へ立ち昇っていった。

つまみ食いって、おいしい。

手作りならではの素朴な食感と、控えめな甘さ、そこにいじらしいほどの恋心がプラスされている。なんだか幸せな気分になってきた。もうひとつ食べても許されるかな。

「ものすごぉく、おいしいよ、このスウィートポテト。安西くんも食べて……げほっ」

ちゃんと食べきる前にしゃべり始めたのが悪かった。喉にスウィートポテトを詰まらせてしまった。苦しんでいる私を呆れた顔で見つめ、安西くんはショルダーバッグからコカ・コーラの缶を取り出した。

「あ、ありがとう、うぐっ。遠慮なくいただきます」

グーにした左手で胸を叩きながら、差し出されたコーラを右手で受け取った。

さっき購買部で買ってきたばかりらしく、コーラはよく冷えていた。久しぶりに飲んだコーラは、これまたおいしすぎる。

「ぷはっ。スカッと、さ・わ・や・か！」

大きな声でコマーシャルのキャッチコピーを真似るなんて、お父さんみたいなことをやってしまった。恥ずかしくなって上目遣いに見ると、彼は予想だにしない行動に出た。窓から上半身を思いきり乗り出し、次の瞬間、驚くような大声で意味不明な言葉を叫んだ。

「コーラの海で、泳ぎてえええっ！」

中庭じゅうに彼の声が響きわたり、空高く突き抜けていった。

いつも冷静沈着な印象の安西くんが、恐ろしく情熱的に見えた瞬間だった。

「そう思わない？」

こちらを振り返った彼は、いつもと変わらぬクールな表情。

「コーラの海ねえ、考えたことないけど」

首を傾げて、はっとした。大好物のコーラを私が本当に飲んでしまったから、腹をたててあんなことを叫んだのだろうか。気持ちだけ頂戴すると礼を言って、差し出されたコーラをそのままお返しするべきだったのだろうか。コーラはまだ半分ほど残っていた。飲みかけのコーラを渡そうとして、また考えた。このまま返したら、間接キッスになってしまう。どうしたものかと思案しながら、彼の顔色を窺った。

「もうすぐ、夏だ」

「うん」

「夏になったら、コーラの海で泳ぎたくなる、めっちゃくちゃ！」

「うーん、甘くておいしいだろうね」

「神社から海を見たことは？」

「あるある。あそこから海を見るのが好きだもん」

「俺も」

セトショウの裏の山道を上がっていくと、神社がある。果てしないような坂を上って神社の鳥居をくぐると、そこからまた気が遠くなるような石段が続く。幼い頃から何度となく山の上の神社へ行った。そこから眺める海が、昔から好きだった。

そういえば一度、神社の境内で歩美と典子と三人で昼寝をしていたら、いきなり野球部の軍団がぜいぜい言いながら走り込んできて、驚いたことがあった。

こんなところで昼寝をしていたなんて、野球部に知られたくないと歩美と典子が言い張るので、私たちはそのまま息をひそめて身を隠していた。陰からこっそり覗いてみると、彼らはそのまま死んでしまうのではないかというくらいに息を切らし、誰もが頭から水を被ったように汗をかいてユニフォームを濡らしていた。荒い息を整える間もなく、彼らはまたすぐに山を下りていった。

あの時聴いた荒い息遣いが、耳に蘇ってくる。

「野球部の練習って、あの坂道や石段を駆け上がったりするでしょう？　苦しいのに、嫌になったりしないの？」

安西くんが、ふっと笑う。

「めっちゃくちゃ苦しいし、めっちゃくちゃ、嫌になる、ほんと」

それはそうだろうな、と私は思った。

「地獄の坂道ダッシュ・アンド・ノンストップ石段エンドレススペシャル。神社練習は持久力と下半身強化」

「うわっちゃ。ネーミングからしてヤな感じ。絶対したくないし」

「苦しいけど、やってるうちにだんだん感覚とか意識とか麻痺してきて、そういう時にコーラの海で泳いでいるところを想像してみるんだ。ちょっと甘くて炭酸が弾ける透きとおったコーラの海を思いきりクロールしている自分をイメージする。石段を上りきってそこから海を眺めたら、あれはまさしくコーラの海だ！　ほんとにそう見えるんだ、これが。試しにやってみ」

ここからは見えない海を見つめるように、安西くんは宙の一点に視線を定めていた。

「嫌だってば、無理無理」

まっぴらごめんというように、私は手を払った。

あの神社から海を眺めるのが好きだという共通点があることを知って、少し嬉しくなった。私はいつだって、海を見ていたような気がする。

坂の上にある神社の境内からも、海沿いの道にある小高い公園の展望台からも、古い駅舎のホームからも、いつも海を見ていたし、海を身近に感じていた。この町の暮らしに飽きたとしても、海を眺めることに飽きはしないだろう。将来どこでどんなふうに生きているかはわからないけれど、海がないところでは生きていけないような気がする。

「でも、野球ばっかで全然自由がないなんて、もっと自由に青春を謳歌してみたいとは思わないの？」

言いながら、何か込み上げてくるものがあった。

私はずっと自由になることに憧れていた。誰かから不自由を強いられたわけでもないし、ほとんど野放しの状態で成長してきたというのに、心がいつも自由を求めている。自分が不自由であることにも耐えられないし、誰かが不自由にしているのを見るだけでもつらくなる。

「今年は高校最後の夏だよね。それって、なんか特別な気がしない？　学生生活の総まとめっていうか、子供の夏はこれで最後、みたいな。野球だけじゃなくて、少しくらいはほかのこともしてみたいとか、自由になりたいって、思わない？　一生に一度の夏くらい」

自分でも何が言いたいのかわからないのに、熱いものが込み上げていた。そんな私を涼しげな瞳が見据えていた。

「俺はいつだって自由。完全に自由。俺は野球をする自由を選んで、その自由の只中にあって、それでときどき思うんだ。このまま野球しながら死んでもいいなって。でも死なないんだよ、これが。どんなに走っても走っても、息切らしても、死にはしない。とにかく、それくらい俺は自由」

もしかしたら彼の背中には翼が生えていて、このまま教室の窓から放課後の空へと飛んでいくのではないかという気がした。彼は夢見るような瞳で青い空を見上げている。

間接キッスなんて、意識しているのが馬鹿らしくなった。

「はい」

コーラの缶を差し出すと、安西くんはそのまま何も言わずぐびぐび飲んだ。喉仏をおもしろいほど上下させてコーラを飲む彼に向かって、私は言った。

「がんばってね、甲子園」

野球少女ではないけれど、一応セトショウ女子だし。

安西くんはそれには答えずに、残りのコーラを一気に飲み干した。右手でぎゅっと缶を握りつぶすと、めりめりっと音をたててぺしゃんこになった空き缶が机の上で揺れた。

廊下を下級生らしき女子生徒たちが通り過ぎたかと思うと、向こうで奇声を上げた。その様子から、安西くんのファンの子たちだろうと思われた。野球部員に熱を上げる女子生徒たちの姿は見慣れているからすぐにわかる。

「安西くんって、人気があるんだね」

いつまでも遠くで騒いでいる女子たちの声が、誰もいない廊下に反響している。

「存在すら気にかけていないやつもいればね」

「そんな人、どこにいるの？」

「ここに」

安西くんは無表情のまま、人差し指をこちらに向けた。

「どういうこと？」

「日直当番を忘れるってことはつまり、俺の存在も忘れてるってことだから」

内心ではやはり、当番をサボってきたことに対して腹をたてているのかもしれなかった。

「本当にごめんなさい。これからは絶対忘れないから、お願い許して」

誠心誠意謝っても、彼は遠くを見つめたまま、こちらを向いてくれない。

「だいたい、安西くんだってひとこと声をかけてくれればいいのに。べつにサボりたいわけじゃないんだから」

いつしか責任転嫁を始めてしまう、よくない癖。

「自分から気づかなきゃ、意味がない」

安西くんの言葉はごもっともで、返す言葉もない。

まもなく始まる野球部の練習が気になるのか、新館五階にある音楽室の開いた窓から聞こえてくる吹奏楽の音に心引かれているのか、安西くんの目はどこか遠くに向けられていた。

その横顔を見ていたら、こちらへ向き直った彼と、目と目が合った。教卓の上に肘をつき、頬杖をつくような姿勢をとった彼の背丈はずいぶん低くなり、顔の位置が同じくらいになった。教室の外側の窓はすべて開かれていて、勢いよく風が吹き込んだ拍子に、白いカーテンが一斉に膨らむのが目の端に映った。二人のあいだを風がすっと通り抜け、ゆるやかに傾いた陽射しが、彼の顔を淡く照らしていた。

同じ目線の高さで見つめあって、気がついた。

その瞳が涼しげに見えるのは、背の高い彼の視線がいつも上のほうにあって、そこから見下ろされていたからなのだ。正面から向きあうと、薄いアーモンド色をしたふたつの瞳が、そのおだやかな色合いとはうらはらに、強固な意志を宿して輝いているのだった。ゆるやかな曲線を描いた一対の眉にも、ゆるぎない力強さを感じた。

見つめあっていることに耐えられなくて、私は目を伏せた。

「聞きたいことがあるんだけど」

歩美から託された任務があることを忘れるわけにはいかなかった。今頃、歩美は大狸で首を長くして待っているはずだ。

「聞きたいこと？」

「うん、あのね……」ごくりと唾を呑み込んだ。

親友の運命がかかっているからなのか、急に足元から緊張感が這い上がってきて、全身が痺れるようだった。これではまるで、好きなひとに告白するような心境だ。

「その……じつは……や、山下くん……」

安西くんの形のよい眉が動いた。「山下？　山下が、どうかした？」

「うん……その、山下くんと鈴木さんって、どうなってるの？」

「どうって？」

「だからその、噂ってほんとなのかな……」

「噂……？」

「つまり、あの二人はつきあってるの？」

親友のプライベートなことを詮索されて不快に思ったのか、安西くんは少し不機嫌そうに顔を顰めたが、こちらも親友からの一生のお願いなのだ。

私は彼の返事を待った。

「気になるのか」

「そういうわけじゃないけど」

安西くんの返事しだいで、歩美は山下くんに告白することになるかもしれない。だから今ここで歩美のことを話すわけにはいかない。詳しいことは言えないが、どうにかして聞きださなければならない。

「悪いけど、よく知らない」

「えっ、そんな……」

否定も肯定もしないという、予想外の返事に私は慌てた。知らないと言われてしまったら、それ以上聞くこともできず、話はそこで終わった。

「そろそろ、練習行くわ」

背中で挨拶した彼が、教室の前扉のところで振り返る。

「青田の言うところの、一生に一度の夏の自由ってやつを謳歌して、心残りのないように、な。命短し、乙女さん。じゃ、鍵よろしく」

彼の気配が消えてからも、しばらくぼんやりと教室の前扉を見ていた。

グラウンドではそろそろ運動部の練習が始まる頃だった。サッカーやハンドボール、テニス、陸上、そして野球部もいつものように、まずはランニングから練習を開始したようだ。

そーれ、一。そーれ、二。そーれ、三。一、二、三、四……。

かけ声にあわせ数をかぞえながら、野球部の一団が運動場を周回する見慣れた風景が脳裏に浮かんだ。これからその輪の中に安西くんが合流する。

誰もいなくなった教室には、放課後の空気が満ちていた。放課後には放課後の、私の知らない世界が続いているのだった。

しばらくすると、金属バットがボールを打つ音が聞こえてきた。ノック練習が始まったようだ。甲高い音を放っては、空に吸い込まれていく。野球部員が張り上げる声がそこに混ざり、打球音とかけ声のリズムが生まれる。私はそこに安西くんの声を探したけれど、わからなかった。

吹奏楽部は音出しが終わり、全体練習に移っていた。木管や金管楽器、打楽器などのさまざまな音がバラバラに鳴らされていたのがいったん静かになり、曲の演奏が始まった。

野球部の応援曲を練習しているようだ。コンクールの課題曲には到底なり得ないような、懐かしの歌謡曲や光ＧＥＮＪＩのヒット曲などが続く。

光ＧＥＮＪＩで思い出した。急がないと、歩美と典子が心配しているかもしれない。私は教室の窓を閉め、鍵をかけていった。きれいに消された黒板をもう一度見て、気がついた。

誰がこんないたずらをしたのだろう。日直当番の二人の名前、安西俊紀と青田里咲の文字が、相合傘の下におさまっている。

3　プレーボール！

甲子園球場の建物自体は、かなり老朽化がすすんでいた。

そのいたるところから歴史の重みが感じられ、スタンド裏の屋内通路を歩いていると、高校時代の旧校舎を思いだした。教室と教室を繋ぐ薄暗い廊下のような床と、ところどころにひびが入り、染みが浮き出た壁を、飾り気のない白熱灯の光が照らしている。抜けるような青空と輝く緑の芝にイメージされるグラウンドとは対照的に、建物の中はぼんやりと薄暗く、古めかしいのだが、そこにはどこか懐かしい匂いがたちこめている。

もうすぐ改修工事が始まるらしい。思い出のひとつもないのに、初めて訪れたような気がしないこの場所が姿を変えてしまうことが、どこか寂しく感じられた。

甲子園名物カツカレー大盛りを完食し、バックネット裏のグリーンシートに戻ると、グラウンドでは相手チームが守備練習を行っていた。一塁側、三塁側、アルプスの応援団もそれぞれ、ブラバンの演奏にあわせて練習し、本番の応援合戦に備えている。

三塁側のスコアボードの天辺では、群青色の旗が風に靡いている。大空を羽ばたく鳥のように、瀬戸内商業高校の校旗がはためく。

スコアボードに表示された選手の名前を一人ずつゆっくりと呟いてみる。むろん知っている選手は一人もいない。先輩後輩という大まかな繋がりでしかないが、彼らを応援する正当な権利がたしかにあるのだという、そのことが嬉しかった。

夏の青空を背景にして聳えるスコアボードに、あの人の名前はなくても、刻々と移り変わる光の波間にじっと目を凝らしていれば、自分にだけ見える暗号の文字がうっすらと浮かび上がってくるような気がしてならなかった。

——二十一年ぶりに甲子園に帰ってきました、古豪復活なるか！　香川県代表、瀬戸内商業高校！　対するは、創部三年目で甲子園出場を果たした新星、富山県代表の聖友館！　今日も甲子園球場は満場、四万人におよぶ野球ファンが詰めかけています。目が離せない新旧対決の行方、注目の一戦は、まもなくプレーボールです！

——

おっちゃんは足元のボストンバッグから、小型のラジオを取り出した。

しばし音の波間を漂って周波数をあわせると、今いるこの甲子園球場と、ラジオから聞こえてくる音の世界とがぴたりと一致した。

甲子園の熱気を凝縮した空気までもが、小さなラジオから流れてくる。アナウンサーの声を主旋律として、ブラスバンドの演奏や生徒たちが歌う応援歌、うぐいす嬢の場内アナウンスといった各パートが混声されてひとつになったラジオ放送と、実際に球場から聞こえてくる音とが重なった。

　ボストンバッグからはラジオに続いて、黄色いメガホンと雑誌が出てきた。公式のガイドブックであるらしく、チアリーダーの弾けるような笑顔が表紙を飾り、『甲子園』と大きく書かれたタイトル文字と、『代表49校完全戦力データ満載！』というキャッチコピーの文字とが目に飛び込んできた。

　アロハシャツに半ズボンという軽装には不似合いなボストンバッグの中身はなんなのだろうと、じつはずっと気になっていた。

　あちこちで立てこもりだの、異臭騒ぎだの、自爆テロまがいの事件が頻発している物騒な世の中だ。何が起こってもおかしくない。パンパンに膨らんだバッグに危険物でも仕込まれていたなら、最初に犠牲になるのは間違いなくこの私だろう。

「創部三年目にして甲子園初出場の快挙を成し遂げた勝因は、エース級の二枚看板、花山《はなやま》、光井《みつい》の継投……打線も爆発すると手がつけられない……くうう、こりゃ手強そうや」

おっちゃんは楽しげにガイドブックをめくり、聖友館のページを声に出して読み上げた。続いて、セトショウのページを見つけたようだ。

「古豪復活なるか、ひたむきに全員野球が合言葉。エースを中心に、一人一役、全員が主役……ええやんけ！　こういうチーム、ごっつ好っきゃねん！　要は野球留学でかき集めた新星チームと、正真正銘の純地元産チーム、対照的な組みあわせ、おもろいカードやないか」

大太鼓の連打にあわせた力強いブラスバンドの演奏が、三塁アルプスから聞こえてきた。先攻するセトショウ側の本格的な応援が始まった。

チームカラーであるブルーのキャップを被り、ブラバンの部員たちは楽器を手に、それ以外は青いメガホンを手に立ち上がった。青一色に染まったスタンドの中に、チアリーダーたちが両手に持った黄色いポンポンが浮かび上がり、眩しいコントラストをつくっている。

大空いっぱいに響き渡ってゆくブラスバンドの演奏と、応援団が発する地鳴りのようなかけ声。個々の昂奮が、ひとつの青い塊となった様を眺めていると、それが遠く空気感染するみたいに、全身に鳥肌がたった。

両チームの選手たちが勢いよくベンチを飛びだした。

グラウンド上に二列に並んで挨拶を交わすと、聖友館のメンバーは守備位置めがけて走りだし、セトショウメンバーは三塁ベンチ前に集まり円陣を組んだ。円の中心から、空高く突き抜けていくように発せられたかけ声に続いて、うぐいす嬢のアナウンスが場内に響いた。

〈一回表、瀬戸内商業高校の攻撃。一番、ショート、タバル、くん〉

場内から力強い拍手が送られる。

まだ何も起こっていない状況で沸き起こる拍手には、さあ頑張れ、思いきっていけ、そんな観客の心の声が聞こえてくるようだ。

突然、けたたましいサイレンが鳴る。なんの前ぶれもなく突如ばら撒かれた大音量が、それまで空気中に拡散していた音の一切を封じ込めた。試合開始を告げるその音は、まるでこれから戦争でも始まるかというような、非日常的な音色でもって、一瞬にして球場内に緊張をもたらした。

「ところで姉ちゃん、野球のルールはわかってんのか？」

「まあ、だいたいは、理解できると思います」

「なんでもええねん。野球は気合いや。セトショウ！　頑張れよーーー」

おっちゃんの野太い声が大空へ舞い上がった。

プレーボール！　主審の右手が高く挙がった。

マウンドのピッチャーが、ゆっくりと投球動作に入る。

――聖友館エース、花山、ゆっくり振りかぶって……第一球、投げました！　ストライーック！　真ん中、高めに決まって、ワンストライークッ！――

ラジオのアナウンサーも、気合い十分だ。歯切れのいい実況の合間に、キャッチャーが捕球した際の、バシッ、という重たい音が聞こえた。

それは、見ているこちらが思わず仰け反ってしまうような迫力だった。ピッチャーの手からボールが離れた次の瞬間には、キャッチャーミットにおさまっている。スコアボードには１２８㎞／ｈと表示されたが、私の目には剛速球としか映らない。

黄色いメガホンを手に、おっちゃんが立ち上がった。

「肩に力が入ってる！　リラックスや、リラックス！」

思いつめたような顔つきで次の投球を待っているバッターへ、監督気取りで声をかける。

「そうそう、そうや！　その調子、リラックスや！　場の空気に呑まれるな！」

何が、そう、なのか私にはわからない。

周辺から失笑が漏れた。私はこの人の連れではありません！　思わず叫びたくなったが、そんなことよりも今は試合に集中しなければならない。

一番バッターの名前を確認しようと、スコアボードに目をやった。するとそこに表示されている漢字が、こちらに向かって何か訴えてくるように感じた。そうして思いだした。

田原と書いて、タバルと読む。

そういえば、そこに住む人の大方がタバルさん、という地区が地元にあった。高校時代、典子から聞いた話だ。ある友人宅を訪ねたところ、道に迷い、通りがかりの人に「タバルさんちはどこですか？」と尋ねたら、「どこのタバル？　上《カミ》か中《ナカ》か下《シモ》か？」と問われて閉口したという。懐かしいエピソードを思い起こせば、目の前にいる見知らぬ少年にも、親しみが生まれた。

――ピッチャー、第二球、投げた！――

田原くんが、バットを振った。

まるで当たる気がしない、見事な空振り。

「ええ振りするやないか！　スカッとするわ、その調子や！」おっちゃんが手を叩く。

右に同じ、そんな気分。田原くん、頑張れ！

――ツーストライク、ノーボール！　ピッチャー花山、落ち着いています。追い込んだバッテリー、さあ、サインは決まったか。ゆっくりと頷いたピッチャー花山、振りかぶって……第三球を、投げた！――

バッター田原くんの腰がふわりと浮いた。反対側へ落ちる球をバットですくおうとして、振らされた、横っ飛びみたいな空振り。

――三球三しぃぃぃーん！　素晴らしい立ち上がりです。聖友館、エース花山！セトショウ田原が三振に倒れてワンアウト！――

一塁アルプス、聖友館の応援団から歓声が上がる。

いいぞ、いいぞ、ハ・ナ・ヤ・マ！　いいぞ、いいぞ、ハ・ナ・ヤ・マ！

キャッチャーが人差し指を高々と天に向けた。アウトカウントを確認しているのだろう、その仕種に、守りについている選手たちも笑顔でこたえる。お互いの意思を確認するように、仲間たちも次々と人差し指を天に向けた。その光景は敵ながら美しい。

「なんとか塁に出て、四番までまわしたいところやな。とにかく塁に出る、出る、出る！　念ずれば花ひらく、前へ、前へ、前へ、己を信じろ、仲間を信じろ、信じる者は救われる！」

他人のふりをしたいところだが、こんなにも熱く応援してもらっては、無下にはできない。おっちゃんも応援したる、という先ほどの約束どおり、私の隣には頼もしい味方が一人いた。

おっちゃんはむずかしい顔で公式ガイドブックを手に取った。

「セトショウのピッチャー、佐倉《さくら》はエースで四番。県予選からずっと一人で投げてんねんな。セトショウを甲子園に導いた立役者というわけか。へえ、こら楽しみや」

エースで、四番……。それはまさに、彼へと繋がる符号だった。

「それって、やっぱりすごいこと？」

私の独り言に、おっちゃんは律儀に相づちを打ってくれる。

「そらそうや。なんちゅうても、エースで、四番、やさかいな。最近はそんな名前の馬までおんねん。エースデヨバン、こないだ阪神で二着に入って連に絡んできよった。目つけてたんやけどな、馬券買わへんかったから、惜しいことしたなあ」

どうやら競馬好きでもあるようだ。

おっちゃんは遠い目をして、「惜しいことしたな、まあだいたいそんなもんや、人生はな」と呟いた。その横顔は、ここではないどこかを見つめているようだった。

私の意識もすっと空を飛んでいくように、心が動いた。あの頃の彼が、すぐ近くにいる気配を感じた。あの強い視線や、身体の温度や、懐かしい匂いが、鮮明に蘇る。

エースで四番だった彼のユニフォーム姿を私は憶えていない。あのきれいな指先からどんなボールが放たれるのか。ピッチャーマウンドに立つ彼のしなやかな脚がどんなふうに踏ん張るのか。彼のいちばん輝いていたはずの姿を私は知らない。

目の前に広がる甲子園球場を見渡し、私は確信した。途方もない人波が、陽炎《かげろう》のようにゆらめくこの球場のどこかに、きっと彼はいる。

――ピッチャー花山、投げました！　ストライーク！　インサイドギリギリに決まってワンストライク！――

ラジオの声で、我に返った。

二人目の打者が、思いきり振ったバットで空を切ったところだった。ビューッ、バシッ。風を切ってミットにおさまるボールの音が、その威力を物語る。

あのピッチャー、すごい！　プロ野球選手みたいやな！　後ろのほうから小学生たちの声が聞こえてきた。振り返ると、少年野球のチームメイトらしい数人の男児が、ピッチャーマウンドを指さして感嘆の声を上げていた。『ひらかたベアーズ』と胸にマークが入ったユニフォームを着た彼らは、頰を上気させ、瞳をきらきらと輝かせ、昂奮を隠しきれない様子で、マウンドを見つめていた。その目に映る憧れの人に、未来の自分を重ねているのかもしれなかった。

ピッチャーマウンドで一心にボールを投げる彼は、そんな自分の姿が、知らない誰かの夢になることなど知らない。知らないところで、こうして夢のリレーが繫がっていく。憧れを抱いた子供たちはその日から、夢に向かって走り出す。そしてまた誰かが、誰かの夢になる。夢のリレーが続いていく……野球は、素晴らしい。

――ピッチャー、大きく振りかぶって、脚が上がる……第二球、投げた！　打ったー！　ファールッ！　ツーストライク、ノーボール！――

ラジオ実況のアナウンサーは、じつに忙しい。現場の映像を見ていない人にも、そこで起こる状況のすべてを逐一言葉にして伝えなければならない。延々と独り言を繰り続け、時にエキサイトし、一人芝居を演じているようだ。

〈ファールボールに、ご注意ください〉

うぐいす嬢が注意を呼びかける。ラジオのアナウンサーとは対照的に、こちらはどんな場面でも淡々と、鼻にかかった甘い声を響かせる。

打ち上げられたボールがバックネットを越えて、強い速度のままスタンドめがけて落下した。子供たちは喚声を上げながら、グローブをはめた手を空に向かって伸ばす。大人も子供も一緒になって打球の行方を見守る。どこに当たったのか、硬球が跳ねる重たい音が響き、一帯が騒がしくなる。その音から察すれば、球が人に当たった場合、当たりどころが悪ければ致命傷にもなりかねない。そんな威力がうかがえる。野球観戦は、命懸けだ。

「粘れ、粘れ！　粘ってたら、何かが起こる！　打ち上げるんやなしに、球を叩きつけろ。そうしたら、何かが起こる！　しばけ、しばけ！」

三球目、四球目をなんとかファールにして、バッターはおっちゃんの言うとおり粘りの姿勢を見せた。

「集中、集中、集中！　ここ一番の勝負時、何が一番大事か知ってるか？　集中することや！」

おっちゃんのエールが、打席にいる彼の集中を妨げてしまわないことを祈りながら、スコアボードを見上げ、二番打者の名前を確認する。

真剣な眼差しでバットを構えているのは、土居《どい》くんだ。

三塁側寄りのバックネット裏からは、左打席に入ったバッターの表情がよく見える。土居くんは目を細め、唇を噛みしめてマウンドに集中している。対するピッチャーは、ひとつ高いところから、涼しげな視線でキャッチャーを見つめて顎を引く。

――キャッチャーのサインに頷いて、ピッチャー花山、第五球……投げた！　打ったあー！　転がってえ、セカンドゴロ！　これでツーアウト、ランナーなし。聖友館、ピッチャー花山は上々の立ち上がりです！――

あああ。あからさまな溜息があちこちで漏れた。

打てそうにない、嫌な予感が観客席に広がる。

ゴロに倒れたバッター土居くんは、それでも全速力でファーストベースを駆け抜けていった。悔しそうに天を仰いだが、また颯爽とした足取りで素早くベンチへと戻った。流れは悪いが、球児たちのきびきびとした動作が、気持ちを晴れやかにしてくれる。彼らのひたむきさに心打たれ、救われるようだ。

〈三番、サード、榊原《さかきばら》、くん〉

苗字と「くん」のあいだに若干の間《ま》をあけるという独特のイントネーションと、鼻にかかった甘い声で、うぐいす嬢が選手を紹介し、場内から温かい拍手が起こる。

ネクストバッターズサークルで豪快な素振りをしていた選手が、元気よく一礼して打席に入り、気合いの雄叫びを上げた。上背はないが、肉づきのよい立派な体躯でどっしりと構える。何かやってくれそう、そんな予感がする。

おっちゃんも同じような印象を持ったようだ。

「ええなあ、元気ハツラツ、若さバクハツ、その調子や！　とにかく塁に出なアカン。何事も最初の一歩が肝心や。すべてはそこから始まる。どんな大事業も、すべてはひとつひとつの積み重ね、コツコツやるしか道はひらかれへんで！」

右打席に入った榊原くんの分厚い背中は、右へ左へ小さく揺れた。ボールを打ちたい、という強い意志がその頼もしい背中から伝わってくる。

ピッチャーマウンドでは、背中を屈めてキャッチャーからのサインを見つめる花山投手が、先程から何度も首を横に振っている。静かに、ゆっくりと、しかし譲れないというきっぱりとした面持ちで首を振る。

ようやく頷いたピッチャーが屈めていた背中を起こしてまっすぐに立つと、四万人の大観衆の視線が、ピッチャーマウンドとバッターボックスに注がれた。

花山くんが右腕を大きく振り抜いた。

左右に揺れていた榊原くんの背中がぴたりと止まり、左脚がぐっと引きつけられる。思いきりバットが振られたと同時に、甲高い音を響かせ、ボールが大空へ舞い上がった。

白球が描いた優雅な放物線は、解放感という概念を具現化したようであまりに美しく、試合の行方とは関係なく、何か芸術作品でも鑑賞しているようだった。

――バッター榊原、打ち上げました！　セイユーのエース、花山、最後はセンターフライに打ちとってスリーアウト。三者凡退にしとめました！――

ああ、という溜息を、場内から湧き起こった大拍手が呑み込んだ。花山投手の好投を称える拍手喝采で締めくくられ、一回の表があっけなく終わった。

「しゃーない、しゃーない。試合は始まったばっかりや。切り替え、切り替え、大事なことは気持ちを切り替えることやで！」

バックネットに張りつくように身体を密着させたおっちゃんが、ベンチ前に集まってきた選手たちへ声をかける。試合に集中している彼らは振り向きもしないが、それでもおっちゃんは、黄色いメガホンを口にあて、必死になって叫んでいた。

「空気に呑まれたらアカン！　切り替えや！　すべての力をここで出しきるんや！　ここで出さんとどこで出すいうねん！　せやろ？　今までの苦しい練習を思いだして

みぃ、それはなんのためや？　ここで、この甲子園という大舞台で輝くためやろ？　ちゃうか？」

みんな慣れてしまったのか、周囲から漏れていた失笑も聞かれなくなっていた。

おっちゃんの言葉は案外、誰もが心の中で思っていることと違いなく、観客代表としてその想いを代弁してくれているようでもあって、次は何を言いだすのだろうと、どこか楽しみにさえしている気配も感じられた。


一回の裏、ピッチャーマウンドに、エースで四番の佐倉投手が姿を現すと、マウンドがいちだんと高く盛り上がり、天に一歩近づいたようだった。

彼を照らすスポットライトのような陽射しはさらに輝きを増し、そこが明らかに特別な場所であることを証明していた。

うぐいす嬢が守備についた選手たちを一人ずつ紹介するたびに、場内からは拍手や歓声が送られた。スコアボードに表示された選手の名前が一人ずつ読み上げられていく。まるで自分の子供たちが大勢の前で褒められているみたいで、誇らしい気分だ。

「さあ、行くでえ！　セトショウのエースで四番、佐倉の登場や！」

立ち上がったおっちゃんが後ろを振り返り、メガホンを叩きながら観客に向かって拍手を促した。

「さあ、みんなで応援するでぇ！　拍手〜‼」

おっちゃんの周辺五メートル以内で拍手が起こった。もちろん隣に座っている私もつられて手を叩く。小学生の一団が照れ笑いしながら手を叩き、中年男性から「いいぞいいぞ」と声が上がった。遠くで誰かが「セトショウ、ファイト！」と叫ぶ声が聞こえた。セトショウのSのマークが入った野球帽を手にした人が、腕をまっすぐに伸ばし高く振っている姿もあった。即席のセトショウ応援団ができあがっていた。

――試合は一回の裏、聖友館の攻撃です。対する瀬戸内商業高校、ピッチャーは三年生の佐倉。チームを引っ張ってきたエースの投球に注目しましょう。さあ、ピッチャー構えて、第一球、投げました！――

キャッチャーのサインにかるく顎を引き、投球動作に入ったと思った次の瞬間にはもう、ボールがその手から放たれていた。溜め込んだ闘志を瞬間に爆発させるような力強いフォームだった。右腕が外側から大きくしなるように振りきられ、宙でゆるく弧を描いた白球は、ピッチャーの右脚が地面に着地するのとほぼ同時に、キャッチャーミットにおさまっていた。

ストライーーク！　主審が腰を低く落としたまま、握った拳を高く掲げた。無駄のない機敏な動作と、緊張感を伴って張り上げられる声。その全身から、試合に対する真摯な姿勢、野球に対する愛情が滲み出ていた。主審の動作ひとつにも見惚れてしまう。

「ええぞー、佐倉！　その調子や！」

おっちゃんが掲げたメガホンを叩くと、周りから一斉に拍手が起こった。

初球がストライクに決まって、ほっと胸を撫で下ろす。

「セイユー先頭打者の野村《のむら》ってな、富山のイチローって呼ばれてるらしい」

ガイドブックから得た情報らしく、おっちゃんは雑誌の表紙を指ではじいた。

「要注意人物や……」

左打席にいるバッターの表情は、ここからでも窺うことができる。バックネット裏、三塁寄り最前列の座席からは、右打席のバッターなら後ろ姿が、左打席のバッターは正面から見ることができた。

右手でバットを前後にゆっくりと振り、左手でそっとヘルメットのつばに触れる。呼吸を整え、ゆっくりとバットを構える。次の瞬間、ピッチャーマウンドに向かって気を吐いた。彼なりの儀式なのだろうか、さっきまでの神妙な面持ちとは打って変わって闘志を漲らせる。踵を地面につけたり浮かせたりしながらリズムをつくる。

――ワンストライクから……ピッチャー、振りかぶって、第二球、投げた！――

ピッチャーは歯を喰いしばり、一点を刺し貫くような鋭い目つきでボールを投げた。全身の力を指先に集約し、そこに祈りを込めるような投球。その球に喰らいつくようにバットが振り切られる。金属的な音が空に弾け、スタンドからどよめきが起こった。

――打ったあああー!!　トップバッター野村がセンター前にヒットを放ち、先頭打者が出塁しました！　ノーアウト一塁です！――

スクールカラーの赤一色に染まった一塁アルプス、聖友館の応援団が、どっと沸いた。富山のイチローがものすごい勢いで一塁を駆け抜けていき、ふたたび塁に戻るとバチンと大きく両手を打った。

〈二番、ショート、三好《みよし》、くん〉

うぐいす嬢のコールに、一塁アルプスからさらに歓声が上がる。大声援に迎えられ、小柄な少年が打席に入った。ふっと小さく屈み込み、バットを寝かせた。

――二番バッター三好はバントの構え！　富山大会では六本のバントを決めてチームの勝利に貢献しています。一番、二番と駿足の選手が続きます、セイユー！　セットポジションから……ピッチャー佐倉、今脚を上げて、初球、投げました！――

その時だけスローモーションになったようだった。

ボールに乗ったスピードを吸収するように引き気味にしたバットに弾かれた白いボールは、一塁線上の内側をころころと転がっていき、その外側をバッターが駆けていく。

――いいいいいいいいバントです！　送りバント成功！　期待に応えてチャンス

を繋いだセイユー三好！　これでワンアウト、ランナー二塁！　ここでセトショウのキャッチャー谷本《たにもと》がマウンドへ向かいます――

マスクを外した谷本捕手がピッチャーマウンドへ駆けていく。硬い表情のピッチャーへひとつふたつ声をかけ、その肩をポンポンと叩く。ピッチャーの表情が和らいでいく。最後にひとつポーンとエースの背中を叩き、マウンドから戻ってくる谷本捕手は弾けるような笑顔だ。日に焼けた肌は逞しく、白い歯が光って見えた。

「失うものは何もないぞー、セトショウ！　きみらは何かを守るためにここへやってきたんか、ちゃうやろ、せやろ？　ピンチの時こそ攻めの気持ちや！　攻めて、攻めて、攻めて、攻めまくらんかい！　気持ちで負けたら終《しま》いや！」

立ち上がったおっちゃんは、バックネットに喰いつきそうな勢いでゲキを飛ばした。背後から、せやせや、と賛同の声が上がった。

――得点圏にランナーをすすめたセイユー。続いて、三番セカンドの高木《たかぎ》が打席に入ります。このチャンスをいかせるか聖友館。対する瀬戸内商業高校、このピンチを切り抜けることができるのか、エース佐倉、……投げました！――

打者が構えたバットが、宙でゆらゆら揺れて見えた。

打たれる、予感がした。

マウンドで真横を向いた体勢から、佐倉くんが一気に投球に入る。必死の形相で、腕が振りきられる。

カンッ!

弾ける打球音。駆けだすバッター。どよめく場内。一気に上がる心拍数。

あっと思った瞬間、セカンドが跳び上がった。二本の脚がまさしくバネとなり、身体がふわりと浮き上がる。人間って、あんなに跳べるんだ、と思わせる見事な跳躍力。この眼が瞬間的に切り取ったワンシーンは、試合という時間の流れや危機的状況も忘れさせ、ただこのワンプレーこそに心が奪われた。

セカンドの少年が高々と掲げたグラブの中には、スピードそのものと化して突き抜けていくはずだった白球が、一切の動きと意志を遮断され、捕らえられていた。

――打ったあああ! ……捕ったあああ! セカンド土居が飛びついてライナーキャッチ! よく捕りました、ナイスプレー! これでツーアウト二塁に変わります――

呼吸をすることも忘れて見入っていたせいで、私はすっかり消耗してしまったが、隣でおっちゃんは踊りだすような勢いで喜びを露わにしていた。

「ナイスキャッチ! セカンドようやった! この次が大事や、この次、次、次! セイユーの四番打者、エビカワ登場! 望むところや、勝負したるで!」

大柄で見るからに四番打者然とした選手が、獲物を狙う野生動物のように目を光らせて右打席に入った。

〈四番、ライト、エビカワ、くん〉

うぐいす嬢がその名をコールすると、一塁アルプスからは、大太鼓の連打が響き渡り、地鳴りのような拍手が起こった。ヒット性の当たりを阻まれて溜息をついた人々も、四番打者の登場に沸いた。

――ツーアウト二塁、セイユーはここで四番、蛯川《えびかわ》の登場です！　富山大会では四本のホームランを放っている怪力の持ち主、蛯川のバットに注目しましょう！

――

ラジオのコメントを聞いたおっちゃんは、素早くガイドブックをめくった。

「は、はああん……これが噂の、エビ反りのエビカワや……」

両手で持ったバットを高く突き上げ、バッターは、そのまま背中をぐっと反り返らせた。一回、二回、三回と反り返り、最後にはバットの先が地面につこうかというほどのエビ反りになって、バッターボックスの上に全身でアーチを描いた。逆さまになったエビカワくんの顔が見えて、目と目が合ったような気がした。愛らしい丸い瞳だった。

おっちゃんが指をさしながら、「見事なエビ反りや！　おもろいやっちゃ、はっはっは」と大笑いする。

笑っている場合ではない。金属バットが甲高い音を放つたびに肝を冷やしながらも、なんとかツーアウトまできたのだ。このまま先制されることなく一回を終えたい。アウトカウントを示す赤いランプが、スコアボードにふたつ点灯している。あとひとつ、あとひとつ……。両手を組んで祈りを捧げるように呟きながら、四番打者の背中に向かって念力を送る。お願いだから、打たないで！

――セトショウのエース佐倉と、セイユーのホームランバッターとの対決！　ピッチャー、第一球、投げました！――

エビカワくんがものすごい勢いでバットを振った。高い位置に構えていたバットをまるで丸太を割る斧のように力強く振り下ろす。

バシッ。ストライーーク！　ボールがキャッチャーミットにおさまる音と、バットが空を切った音、主審の声が同時に聞こえた。

おおおお。力のある見事な空振りに、場内から感嘆の声が漏れた。

――初球ストレートが決まってワンストライクから、ピッチャー佐倉、第二球を……投げました！　ストライークッ！　今度は外いっぱいに落ちる球、蛯川はタイミングがあいません、大きくバットを振りましたがツーストライク！　セトショウバッテリーが二球で蛯川を追い込みました！――

ぎらぎらと刃を光らせる斧にしか見えなくなってしまったバットが、さらに大迫力で振り下ろされた。おおおお。場内がまたもどよめく。

「ピッチャー、気ぃ抜くなよ！」

おっちゃんがマウンドへ向かって声をかける。

あとひとつストライクを取れば無得点で切り抜けられる。追い込んでいるのは、セトショウバッテリーだ。

少し余裕をもって観られると思ったら、三球目、四球目とボール球の判定で、あっというまにツーストライク、ツーボールという並行カウントになった。

マウンドのエースが険しい表情でキャッチャーのサインを覗き込み、ユニフォームの袖で頬の汗を拭う。

――セトショウバッテリー、サインが決まったようです。カウント・ツーツーから、ピッチャー、脚を上げ……投げました！――

エビカワくんの構えがコンパクトになったと思ったら、そのまま小さくバットを振った。

――打ったあああ！　強烈な当たりでライト前ヒット！　二塁走者は三塁でストップ、打った蛯川もファーストベースを踏んで、これでツーアウト、一、三塁！　聖友館、絶好のチャンスを迎えました！　ここで先制点が欲しいセイユー！　なんとか抑えたいセトショウバッテリー。初回から目が離せない展開になりました！――

　その図体に似合わずエビカワくんは駿足だった。一塁に走り込んでくると、下から上に向けてガッツポーズを突き上げた。一塁アルプスはお祭り騒ぎのような盛り上がりになった。

　あとひとつのストライク、あとひとつのアウトカウントを取ることが、果てしなく遠い。

「へこんだらアカン！　腐ったらアカン！　落ち着いて、平常心で投げたら大丈夫や、佐倉！　後ろにいてる仲間を信じるんや。一人で闘っとるんとちゃう！　せやろ？　後ろ見てみい！」

　おっちゃんの言葉に、頬をビンタされた気がした。そうだ、へこんでいる場合ではない。

　ファイト、ファイト、サ・ク・ラ！

　ファイト、ファイト、サ・ク・ラ！

　三塁アルプス、セトショウ応援団は声をそろえて、マウンドのピッチャーへ必死のエールを送っていた。マスクを外したキャッチャーが、仲間たちに向かって何事か叫んでいる。ピンチの場面で見せる笑顔に、観戦しているほうも癒される。マウンドのエースは胸に手をあて、大きく深呼吸をした。

〈五番、キャッチャー、矢崎《やざき》、くん〉

先制のチャンスとあって、一塁アルプスの応援団は、うぐいす嬢のアナウンスを呑み込んでしまうほどのフルボリュームで声を張り上げている。ブラバンが演奏するXJAPANの『紅』も、それにあわせた応援も、互いに呼応しながらそのリズムを加速させていた。

――一本出れば先制という場面、セイユー！　このピンチを凌げるかセトショウバッテリー。ピッチャー佐倉、ひとつ息を吐いて、セットポジションから、第一球を……投げました！――

誰が見ても、渾身の投球。力の限りに振り抜いた腕の反動で、ピッチャー佐倉くんの身体が半回転した。

キィンッ！　今までにない炸裂音が響き、回転しかけた身体をくるりと反り返らせ、打球の行方をピッチャーは追った。

ぐんぐん舞い上がる打球。セイユーの三人の選手がいっせいに走りだす。

下降し始めたボールの落下点に向かって、レフトの少年が猛然とダッシュする。

「危ない！」思わず両手で口を塞いだ。

フェンスに激突しながら、最後に伸び上がった身体の先端、伸ばした腕のその先にあるグラブの中に、ボールはおさまったように見えた。そのままフェンスにもたれかかるようにして、彼はその場にくずれ落ちた。

――レフト走り込んで……走り込んで……捕っています！　フェンスに激突しながらも、見事にボールをキャッチしています！　セトショウ、レフト水沢《みずさわ》、ナイスプレー！　エース佐倉を助けました！――

フェンス沿いの芝生に横たわった少年は、それでもすぐさまグラブを掲げ、ダイレクトキャッチしたことを懸命にアピールしていた。

三塁アルプスのセトショウ応援団から上がった悲鳴は、鳴りやまない拍手へと変わった。レフトの好守備を称える拍手は、球場全体から送られていた。

「それでこそ男や！　男前やのう！」

水沢くんからは見えないだろうが、ファインプレーを見せた彼に向かって、おっちゃんは右手の親指を立てた。

守備についていたセトショウの選手たちが、一斉にベンチに向かって走りだす。どの顔も、ピンチなどひとつもなかったかのような屈託のない笑顔で、仲間が待つベンチへと駆けてくる。ベンチから飛び出した控えの選手たちも、誰もが明るい笑顔で、仲間たちが戻ってくるのを待ち構えていた。

一回の攻防、０対０。呆気なく三者凡退で終わった攻撃にくらべて、守りの時間は気が遠くなるほど長く感じられた。

あれだけいろんなことが起こったのに、スコアボードに表示されたのは、0がふたつ。どんなに見つめても、やはり『0』という数字が、得点表の上と下に入っただけ。0、という記号ひとつでは済まされないほど、たくさんのシーンがあったというのに。

けれどここには、そのことを証明する人たちがこんなにも大勢いる。

この舞台で繰り広げられたひとつひとつの場面に立ち会い、風や光や匂いまでもを記憶に焼きつけ、数字には表れないドラマをそれぞれの胸に刻みつけた。ハイライトを編集した映像や、結果を見ただけでは味わえないもの、テレビでは伝えきれないものを私たちは共有していた。奇跡的な瞬間の積み重ねを、この目で見たのだ。

それにしても、疲れてしまった。一回でこれなのだ。闘いはまさに、これからだ。

4　これって、つきあってるの？

大狸の暖簾をくぐると、奥のテーブル席で向かいあっていた歩美と典子が、私を見つけるなり、そろって忙しく手を振った。

「おつかれさま、リサ。友よ、一生の親友よ！　明石焼きはひとつでよろしい？」

歩美の意味ありげな目配せに、私は目を泳がせた。

「も、もちろん。ひとつでいいよ、ダイエット中だし」

「大将！　明石焼き一丁！」

厨房に向かって歩美が声をかけ、隣に座っている典子が肘で突いてきた。

「初めての日直当番おつかれさまでした。よく働いたからお腹が空いたでしょ？　というより、早弁したから、というべきかな。ダイエットなんてする気ないくせに」

「ま、まあね……」笑うと頬が引きつった。

早弁したことを典子にまで見られていたとは。おまけに歩美が野球部のために手作りしたスウィートポテトをつまみ食いしたとはとても言えない。ましてや結局なんの収穫もないなんて……。

「それで、どうだった？」

真剣な眼をしたふたつの顔が、ぐっと迫ってきた。

「それが……安西くん、知らないみたい」

緊張と期待が高まっていた空気が、一気に白けるのがわかった。

大きく見開いていた瞳に落胆の色を滲ませ、歩美は唇を尖らせた。

「そんなはずないよ、山下くんと安西くんは中学からずっと同じ野球部でバッテリーを組んでる仲だし、親友なんだから絶対に知ってる！」

そう言われてもなあ……。頭を掻いているところへ桃色のかっぽう着に身を包んだ女将さんが明石焼きを運んできた。女将さんの笑顔は今日も素敵だ。

「ごめん、そういうわけだから。とにかく、いただきます！」

鼻緒のついていない下駄のような形をした木製の器に盛られた明石焼きに、私は手を伸ばした。焼いた玉子の甘い匂いと、熱々のだし汁の香りが鼻腔をくすぐる。

「親友だからこそ言わなかったんじゃない？　安西くん、口が堅そうだし」最後のひとつになった明石焼きを口に放り込み、「たぶんそうだよ」と典子は言った。

「そもそも日直当番をずっとサボってきた女子に聞かれて、親友の大事なことを話すわけないか。とにかく、リサには協力してもらうよ。せっかくペアで当番なんだから、ここはひとつ安西くんと仲良くなって、彼の信頼を得たうえで、ぜひとも真実を聞きだしてよね」

歩美はあきらめたように息をついた。

「うーん。そう上手くいくかな」

ふわふわとやわらかい明石焼きを味わいながら、私は安西くんのまっすぐな瞳を思いだしていた。ちょっと怖いくらいの、涼しげな瞳を。

「今日のところはこのへんで勘弁しなきゃ。この話の続きは、リサが安西くんともう少し親密になってからということで」典子は話をまとめると、メニューを手にとり、厨房を見た。「大将！　白玉クリームあんみつひとつ！」

「それもそうだね」歩美も手を上げる。「大将！　こっちはミルク金時ぃ！」

「役立たずで申し訳ない！」片手で拝むようにしながら、頭の中ではほかのことを考えていた。白玉クリームあんみつに、ミルク金時ときたら、私は次に何を食べようかな。

「それにしても、リサが羨ましい。安西くんと日直当番だなんて。学校中から羨望の眼差し、感じない？」

歩美にそう言われて、放課後の廊下で安西くんのファンらしき下級生たちが騒いでいたことを思いだした。彼はそんなに人気があるのだろうか。

「安西くんとほかに何か話したりした？」

典子まで熱心に身を乗り出してくる。彼女の場合、特定のお目当てはいないのだが、とにかく野球部命の女子で、野球部がらみの話ならなんでも興味津々《しんしん》なのだ。

「それ以外の話ねえ……」

スウィートポテトおいしかったよ！　と言いたいところだがぐっと堪え、

「そうそう。コーラの海で泳ぎたいって、言ってた」

「はあっ？　コーラの海で、泳ぎたい⁉　何それぇ⁉」

二人は同時に声を上げた。練習していたような息のあったハーモニーを披露し、それから安西くんについてあれこれと語り始めた。

「安西くんって、ちょっと変わってるとこ、あるもんね」うんうん。

「なんとなく怖いところがあるし、近寄りがたい気もするけど、でもたまにおもしろいことを言うよね」うんうん。

「部室では漫才なんてやるみたい」うんうん。

「けっこうやんちゃで、中学時代は喧嘩して暴れたこともあったらしいよ」うんうん。

「顔も怖いしね」うんうん。

「でもきれいな顔してる」うんうん。

「だけど弱い者いじめとかは絶対にしない。逆に相手がどんな強いやつでも、曲がったことは許さないって感じらしいよ」うんうん。うんうん。うんうん……。

安西くんにまつわる武勇伝や噂話の数々で、歩美と典子はひとしきり盛り上がった。歩美は山下くんのことが好きなはずなのに、結局野球部の話題ならなんでもいいみたいだ。

「大将！　チョコレートパフェお願いしまーす！」

二人の会話についていけない私は、デザートを注文した。

私がパフェを食べているあいだも、野球部の話は続いた。安西くんに始まり、ほかの部員に関するいろいろなエピソードや、過去に行われた試合の名珍場面など。私は、「へー」とか「ほほう」なんて適当に相槌を打ちながらパフェを食べることに集中していた。食べ終わる頃になってようやく違う話題になった。

セトショウとイチコウ、どちらのブラバンが素晴らしいか？

吹奏楽部の話題とは珍しいと思ったら、これもまた野球がらみの話だった。

「野球の応援に欠かせないものは？」と歩美が訊けば、「ブラバン！」典子が即座に答える。「そのとおり！　なんてったって野球とブラバンはセットだから」

野球に関する新たなテーマが持ち出されただけだった。

「毎年夏のコンクールでは、セトショウとイチコウの一騎打ちで、惜しくもセトショウはイチコウに勝つことができずに優勝を逃しているけど、野球の応援ではイチコウよりもセトショウのほうが優れてるって、知ってた？」

　イチコウとは香川第一高校のことで、県内では唯一音楽科コースが特設された学校だった。部活動にも熱心で、吹奏楽コンクールの県大会では毎年優勝を飾り、県代表として全国大会にも出場している。コンクールでは万年第二位のセトショウにとって、イチコウは永遠のライバルといわれていた。

　歩美の説明によれば、コンクールを最優先するイチコウでは野球の応援曲は二の次で、急な雨に降られて楽器が台なしになってしまうことを恐れ、球場ではコンクールで使用するものとは別な楽器が使われる。その点、セトショウはコンクールよりも野球の応援曲ばかり練習しているし、コンクールで使用するのと同じ楽器で演奏するから、断然イチコウよりも音がいい。つまりコンクールでは負けても、野球場ではイチコウよりセトショウが勝っている、そういうことだった。

「そんなのおかしい。本末転倒じゃない」私は聞き流すことができなかった。「ブラバンがコンクールを優先しないでどうするの。野球部の応援のために、楽器を傷めてしまったり、課題曲の練習がおろそかになったりするのは絶対におかしい」

　吹奏楽部が懸命に練習している様子を何度か見かけたことがある。

　音楽部なのに体育館の入り口付近の空いたスペースを拝借し、申し訳なさそうに部員たちが寄り集まって腹筋や背筋を鍛えたり、時にはグラウンドを苦しげに顔を歪めて走っていることもあった。放課後は運動部にグラウンドを占拠されてしまうから、昼休みの短い時間をつかって何度となく黙々とマーチング編成を繰り返し練習し、うまくできずに部員同士が本気で喧嘩をしていたこともあった。甲子園を目指す野球部を応援することも大事だし、ブラバンのない野球の試合が味気ないこともわかるが、野球部が甲子園を目指すように、吹奏楽部だって夏のコンクールを目指してきたのだから、何を犠牲にしてでもコンクールを最優先すべきだし、そうする権利を周りのみんなが認めるべきだ。青春のすべてを部活動に捧げているのは、何も野球部だけではない。

「仕方ないよ。うちはセトショウなんだから。セトショウは野球部ありきだもん」

「そうそう、野球部ありき」

　二人の言葉を聞いた瞬間、気持ちが萎えた。

　議論のしようもない否定のされ方に、何もかもどうでもよくなった。ブラバンに肩入れする筋合いもないし、本人たちがそれでいいのなら、もうどうでもいい。

「そんなことより、明日から大変なの。しばらくここには来られないかもしれない。私と典子で、明日から応援部で座り込みするの。ねえ、リサもやらない？」

「やらない」私は即答した。

　歩美と典子は応援部に入部し、応援部として正式に野球の応援をしたいと前々から望んでいたが、セトショウ応援部は伝統的に女子禁制だった。そこをなんとか突破しようと、座り込み作戦を計画しているのだ。二人にはずいぶん前から誘われていたが、そんなことをする気はさらさらない。応援などわざわざ部に入らなくても、自由にやればいいのに、どうしてそこまでこだわるのか理解に苦しむ。

「どうして？　やろうよ、座り込み。二人より三人のほうが心強いし、私たち親友でしょう？　ねえ、リサったら」

もう何度も断ってきたのに、歩美はまだあきらめていないらしい。

「そうだよ、一度でいいから真剣に応援してみたら絶対にわかるはず。リサは野球のおもしろさを知らないだけなんだから」

典子はいつも、私が野球のおもしろさを知らないことが不憫なのだと言い、それを知っているのと知らないで生きていくのとでは世界が変わる、とまで言い張るのだった。

野球の応援に行ったことがないわけではない。セトショウでは、一年生は強制的に野球の応援をさせられる決まりだった。強制という時代遅れな慣習に、私はそもそも反発していた。

夏が近づくにつれ、蒸し暑く気だるい空気が充満した体育館に集合させられ、何度となく応援の合同練習を行った。無断で練習をサボると、放課後に居残り練習までさせられるという徹底ぶりだった。軍隊でもあるまいし、異様な光景だった。

高校野球とは、そんなに素晴らしいものなのだろうか。

少女たちを一途で頑固にする高校野球。そして同じように野球に対して忠誠を誓う応援部も、頑として融通がきかないものであるらしい。

歩美と典子は、応援部にチアガールを結成したいと提案してみたが、却下されたそうだ。野球部が輝かしい伝統を誇るように、応援部にも同じだけの歴史と野球部を支えてきたという誇りがあった。どんなに時代が変わろうと、真夏の炎天下であろうとも、学ラン姿の男子だけで応援するのがしきたりなのだそうだ。野球部が死闘を繰り広げるのなら、応援部も死ぬまで応援する、そういう精神なのだ。

もともと野球部のマネージャーになることを夢みていた彼女たちだったが、野球部が女子禁制であることを知り、意気消沈した二人は、マネージャーがだめならと応援部に目をつけた。野球部も応援部も女子禁制。遠くなればなるほど、彼女たちの聖域は輝きを増していった。

男女平等の時代に女子禁制だなんて、話を聞いているだけでうんざりだが、当の本人たちは不当な扱いをうけて疎外感に打ちのめされるどころか、はじき飛ばされるたびにその絶対的な強さに憧れを抱いていくのだった。

野球の話ばかりで辟易する、会話の流れを変えたい。なんの話題がいいだろうか。

二人が夢中になっている光ＧＥＮＪＩのこと、期末テストのこと、夏休みの計画、進路のこと、野球以外の話ならなんでもいい。

「来週の日曜日、リサも応援に行くよね？」当然というように歩美が訊く。

「応援？」

「県大会の初戦でしょう」典子が補足する。

「なんの？」

「何とぼけたこと言ってるの。野球よ、野球。甲子園」歩美は眉を寄せて顎を突き出す。

　また野球の話、もういい加減にしてほしい。野球野球野球野球、野球だけがそんなに特別なことなのか。

「その日は無理。ＧＩＧだから」

「ギグっ⁉」

　歩美と典子が同時に飛び上がった。

「ライブだよ、ロックバンドの。野球はまだ初戦でしょう。決勝戦になったら応援に行くよ。こっちは年に一度、一日限りで行われるオーディションなの」

　加熱してきたバンドブームに、私はすっかり嵌《は》まっていた。

　セトショウの初戦が行われる日曜日は、大手レコード会社が主催するアマチュアバンドのオーディションイベントを観に行くつもりだった。オーディションは全国各地で行われ、その中の四国ブロック決勝大会というもので、二ヶ月前にライブハウスで知りあったばかりの他校の女子生徒と一緒に行く約束をしていた。

「嘘でしょう、リサ」歩美の声が震えていた。

「安西くんにも、甲子園がんばって、そう言ったんでしょう」典子の声音はあからさまに私を非難しているようだった。

「今度のＧＩＧは、四国じゅうからトップレベルのバンドが一堂に会す大規模なイベントなの。みんなプロを目指していて、デビューできるかもしれない大きなチャンスなのよ。東京からもスカウトが来るし、チケットだって完売してる」

バンドにはまったく興味のない歩美や典子にそんなことを言っても無駄と知りつつ、このイベントが甲子園と同等に重い価値があることを説明した。二人が夢中になって高校野球を語るように、私も自分が本当に興味があることについて打ち明けた。

「だけどリサはセトショウ生なんだから一緒に応援に行こう。実際に野球を観てほしい。絶対に来てよかったと思うはずだから」

典子は私を説得しようと必死だった。

「そうだよ、リサ。応援に行かないなんて、セトショウ女子にあるまじき行為だよ。それって、ヒコクミンとかバイコクドとか、よくわかんないけど、それくらいヒドイことだと思う」

歩美には、セトショウ生失格の烙印まで押されてしまった。二人の親友からここまで責められてはさすがにショックだった。野球の応援に行かないことは、それほどまでに許されないことなのだろうか。

「いつか後悔する日が必ず来るよ。甲子園へ行くってことは、本当にすごいことだから。野球部が試合に勝つためには、地元の人たちが応援することが大事だし、闘っているのは野球部だけじゃなくて、みんなで闘って、みんなで勝ちとって、みんなで甲子園へ行くから意味があるんだよ」

典子が熱心に説き伏せる。いったいこの情熱はどこから生まれるのだろう。後悔する日など、絶対に来ない。私はそう断言できた。


高松市内へは、せと駅から電車で一時間ほどだ。四国の玄関として発展した高松市は、郡部の人間にとって、ちょっとした都会の街だ。

延々と続くスナック街の一角に、そのライブハウスはあった。夜には派手なネオンサインが煌《きら》めく一帯も、日曜の昼間には人通りも少なかった。

二ヶ月前に知りあったばかりの黒石冴香《くろいしさえか》は、県内屈指の有名進学校に通う女子高生だった。繁華街のど真ん中にある学校に通い、彼女が住む自邸もこのあたりの一等地に構えていた。

初めて彼女に声をかけられた時のことはよく憶えている。

薄暗いライブハウスの中で、彼女は一際目を引いた。特別派手な格好をしていたわけでもなく、黒いタンクトップとミニスカートといういでたちで、冷たいコンクリートの壁に背をあずけ、華奢なスツールに気だるそうに座っていた少女に、私の視線は吸い寄せられた。

通りすがりに声をかけられ、黒目がちの大きな瞳に見つめられると、そのまま動けなくなった。初めて出逢ったその時から、私はたちまち彼女の魅力に惹き込まれた。

どこのライブハウスへ行っても、彼女を知らない人はいなかった。

誰もが彼女を見つけるなり、軽く手を上げて挨拶し、すぐさま駆け寄ってきた。女子高生だけでなく、他校の男子生徒や、卒業生たち、音響や照明の仕事をしている人、音楽関係者らしき人たち、不思議なほど彼女は顔が広かった。

ステージ上では出番をトップに控えたバンドのメンバーが音出しをしている。エレキギターが高音を奏でながらエフェクターの調子を繰り返し確認し、建物全体を揺らすようなドラムの振動は直接胸を叩かれるようだ。規則正しく刻まれるベースの低音。

パンク少年たちが髪を固めているスプレーの匂い。ここでしか嗅ぐことのできない、むせ返るようなこの匂いが、いつのまにか好きになっていた。重たげな鎖を腰に巻き、ブラックスリムとラバーソールで決めた男の子たちが自慢げに行きかう。もうすぐステージが始まろうとしていた。緊張感に包まれたこの瞬間が、たまらなく好きだ。

冴香の姿はまだ見つからない。

ステージの前にはファンの女の子たちが陣取り、狭いフロアは人で埋まってきた。ライトが徐々に照度を落としてスモークが焚かれ、急に視界が霞んでいく。まだまだライブ初心者としては、一人でいるのは心許ないのに、冴香の姿はまだ見つからない。

ヴォーカルの男の子がマイクに向かって絶叫し、フロアから悲鳴が上がった。一斉に大音量で演奏が始まり、ライブハウスがビルごと揺れたように感じたその時、階段を降りてくる冴香を見つけた。全身を黒一色でまとめた彼女が、こちらに向かって手を振った。

「ごめんね、待った？」

「ううん。今来たところ」

冴香の笑顔を見た途端、不安な気持ちは吹き飛んだ。

あそこへのぼろう、冴香は振り返り、フロア奥の天井付近を指さした。

工事現場みたいな簡素な階段を上がり、狭い空間に辿り着いた。天井に頭をぶつけそうなロフトには、二人がけのソファと小さなガラステーブルが置かれていた。黒い革張りのソファに身を沈め、人がすしづめになったフロアを二人で見下ろした。

ロフトからステージを眺めていると、冴香の知りあいなる人たちからジュースやお菓子の差し入れがあったり、お昼にはハンバーガーが届けられた。

「今年の夏はロスで過ごすことにしたわ」

ハンバーガーを食べ終えた冴香は、くしゃくしゃと丸めた包み紙を、ダーツの的を狙うようにダストボックスへ放り込んだ。

「ロス?」

「ロサンゼルスでホームステイするの。リサも一緒にどう?」

「ホ、ホームステイ?　私も?」

海外に行ったこともなければ、飛行機に乗ったことさえなかった。

「知りあいか親戚の人が向こうにいるの?」

冴香は首を振った。

「ホストファミリーが見つかったの。郊外ののんびりした場所に住む老夫婦で、何度か手紙をやりとりしているうちに、すっかり意気投合しちゃった。とてもいい人たちよ。子供たちは独立して家を出ているから、空き部屋ならいくらでもあるし、友達がいるなら何人連れてきてもかまわないって、言われているの。それでリサもどうかと思って」

「ほかには誰か誘ってるの？　私が行かなかったら？」

「リサとだったら楽しいかなと思って。リサが行かないなら、一人で行くよ。ほかに誰か誘う気はないし」

「一人で？　逢ったこともない人たちのところへ？　それも海外に？　お父さんとかお母さんとか、心配しないの？」

彼女の両親とは、先月、顔を合わせたばかりだった。

高松市内にある老舗ホテルで開かれた冴香の誕生会に招かれ、私は生まれて初めてフランス料理を食べたのだった。

「どこにいても危険はついてまわるし、何をしていたってリスクはあるから、本人の生命力を信じてもらうしかないと思ってる。一日じゅう家族で身を寄せあって一生守ったり守られたりしながら、疵ひとつ負わずに人生を終えるなんて不可能だもの」

冴香は事も無げに言った。

冴香の両親は、私がこれまでに接したことのないタイプの人たちだった。

一人娘と対等に向きあい、その友人に対しても子供扱いすることなく、客人としてもてなした。私という人間を最初から無条件で認めてくれ、敬意を払ってくれた。大人と子供がくっきりと役割分担されている商店街で育った私にとって、それは特別な夜だった。

「ホームステイのこと、ちょっと考えさせて」

「もちろんよ」

演奏を終えたバンドのメンバーたちへ拍手を送りながら、冴香は片目をとじた。

「なんだか冴香が羨ましいよ」

黒い革張りのソファの上で膝を抱えるようにして、私は隣の少女を見た。

「羨ましい？」

ながい睫毛に縁取られた瞳が見つめ返す。

「なんというか、冴香は親からすごく信頼されているし、親子の絆が深いっていうか」

ギターソロが切ない音色を奏でた。弦が切れてしまいそうなギターの高音は、そのまま心の叫びのようだ。

「絆のない家族なんて、ないよ。だって、家族だもの。リサの家族や、リサが住んでいる町も素敵だと思う。町全体が家族みたいな感じって、すごいよ、絶対に心強いもの。どこの親子だって、深い絆で結ばれている。いざという時、リサのお父さんやお母さんは、絶対にリサを守ってくれるでしょう、それがすべてだと思う」

自分の親や町のことを言われて、なんだか気恥ずかしくなってしまった。

「親子関係だけじゃなくて、冴香の周りにはいつも友達がたくさんいるけど、ベタベタしてないし、つるんでない。なんかそういうの、いいなと思って」

「たしかに、そうね」

冴香が小首を傾げると、鎖骨の窪みが透きとおるような白さで闇に光った。

「いつも誰かとつるんでないと何もできない、そういうのがいちばん嫌いかも。いつも一緒にいなくたって、好きな人のことはずっと好き。いつかこの先、リサと逢えなくなっても、私はずっとリサのことを好きでいると思う。たとえどこにいてもね」

不思議だった。

私のように平凡な少女のどこを好きになってくれたのか、まるでわからない。パンクロックが好きだとか、バンドマンの追っかけをしているとか、市内の街で遊びたいとか、ライブハウスへ来る理由はいくつもあったが、いつもどこかで冴香に逢えることを心待ちにしていたような気がする。これは想像だが、恋とは、こういう感じなのかもしれない。

いつかこの先、リサと逢えなくなっても……。

その言葉が耳から離れず、胸が疼いた。そう、私たちはずっと一緒にいられるわけではない。

「冴香はもちろん進学するんだよね、東京？」

ちょうど彼女が好きなバンドがステージに登場し、一曲目の演奏が始まったところだった。上半身でかるくリズムをとりながら、冴香はこちらに向かって、ゆっくりと頷いた。

そうだよね……。

セトショウを卒業して、できるだけいい会社に就職する。漠然と描いていた将来に、少しずつ疑問を感じ始めていた。そもそもなぜセトショウを志望したのだったか、それが自分でも疑問だった。進学クラスではなく、就職クラスを選択したのは、勉強したくなかったから、というその場凌ぎ。ではそもそもセトショウを志望した理由は？　思い当たったのは、つまり、無難な道を選んだということ。セトショウなら町の人たちの評判もいいし、父や母も喜ぶ。周りの大人たちを喜ばせるため、という理由に行き着いて、愕然とした。

いい会社に就職して、いい結婚相手を見つけて、早めにいい結婚をする。それが女の幸せだという話を幼い頃から聞かされて育った。大人たちの固定観念と、私自身の楽なほうへ逃避したがる性質が、今の自分をつくっていると思うと、いったい何のために生きているのだろうと、絶望的な気分になった。

「いいなあ、冴香は自由に生きていけて」

「リサは自由じゃないの？」

「そういうわけじゃないけど……」

私はこんなにも野放しにされているというのに、いったい何を恐れているのだろう。この息苦しさは、どこから生まれてくるのだろう。

「結局、世間に負けているのかな、私」

冴香が弾けるように笑いだした。

「なあにそれ、世間に負ける、とか。昭和なんたらとかいう昔の歌謡曲みたい。リサって本当におもしろいね」

「ヤだ、私、辛気臭いね」

「かなり！」

笑いすぎて滲んだ涙を指でおさえながら、冴香は言った。

「世間を気にするなんて、そんな幻と闘うみたいなことに時間や労力を費やすなんてもったいない。世間体のために大学へ行ったり、働いたりするのは全く意味がないし、世間体を気にするくらいなら、私は世間と縁を切って生きていく」

そう言い切る彼女が、背後から照らされるピンスポットの照明よりも、私には眩しかった。

「いいなあ、冴香は強いから」

パンクのリズムに身体を揺すりながら、彼女は笑う。

「強くもなんともないけど、世界に怯えて蹲《うずくま》っているくらいなら、こっちから世界を突破したいのよ。そのために必要な力を自分につけたい。攻撃は最大の防御なりって言うでしょ。こう見えて本当は怖がりだから」

知れば知るほど、私は冴香のことをもっと知りたいと思った。

それから二人でいろんな話をした。

お互いの学校で起こった出来事や、将来のこと、熱を上げているバンドのこと、ファッションのこと……冴香と話していると、ありきたりな話題でさえ、何か高尚な会話をしているような気分になる。

ライブが終わって外へ出ると、あたりはもう薄暗くなり、あたたかなネオンが街に光りだしていた。

店のシャッターが下りた途端に真っ暗になってしまうオリーブ通り商店街の寒々しさとは、まったく別の夜がこれから始まろうとしていた。

「ねえ、ディスコに行かない？」

「ディ、ディスコ⁉」

思いもよらない展開に、私の声は上ずった。

「なんだか踊りたい気分なの。時間は大丈夫？」

「時間なんて、全然大丈夫！」

夜もずっと冴香といられることが嬉しくて、私は後先考えずに叫んでいた。いつも冴香の周りにいる取り巻きたちの姿もなく、私と彼女の二人きりでいられることも嬉しかった。この魅力的な少女の友達であることが誇らしく、私はどこまでも彼女についていきたかった。

ディスコに行ったのは、この夜が初めてだった。テレビで見たようなきらびやかなミラーボールが回り続け、ボディコンシャスなワンピースを着たお姉さんたちがお立ち台に上がり、ワンレングスの長い髪を掻き上げながら踊っていた。こんな現象は東京限定で起こっているものだとばかり思っていた。

ストリート系のダンスレッスンを受けているという冴香は、ディスコフロアでも人の目を引いているのがわかった。かるくステップを踏み、身体を気持ちよさそうに揺らしているだけなのに、すごく様になっている。

彼女の真似をしてみたいが、どうもうまく身体を動かせない私は、ほとんどその場で跳びはねていた。ライブハウスのフロアにいた人たちのように、音楽にあわせてひたすら垂直に跳び続けた。

リック・アストリー、バナナラマ、マイケル・フォーチュナティ、デッド・オア・アライヴ、シーラ・E、アース・ウインド&ファイアー、マドンナ、ボビー・ブラウン、M・C・ハマー、ジャネット・ジャクソン……。

好きな音楽が途切れることなく続く。

自分の部屋にあるラジカセで聴くのとはわけが違う。中学の入学祝いに買ってもらった、当時最新のオートリバースダブルデッキで聴くのと、本物のディスコで聴くのとでは、同じ曲も全く違う音楽に聴こえた。

ストロボフラッシュとカクテル光線が交錯するホールの真ん中で、ミラーボールが回り続ける。大音量で流れるディスコミュージックに身をまかせながら、私は考えていた。

バブルがはじけるなんて、本当だろうか。

セトショウの就職状況にも翳りがでてきたなんて、本当だろうか。

女は大学など行かず、いい会社に就職して、いい結婚相手を見つけて、早めにお嫁に行ったほうが幸せだなんて、本当に本当だろうか。くるくる回り続けるミラーボールみたいに、私の頭の中もぐるぐる回る。

気がついたら、最終電車を逃していた。

うちで泊まっていけば、と冴香に誘われたが、さすがに外泊をする勇気はなかった。

仕方なく家に電話すると、父が車で迎えに来ることになった。久方ぶりの大目玉を覚悟しながら、それでも父の車が到着するまで、冴香と二人、ネオンサインに照らされた通りでステップを踏み続けた。

まだまだ夜はこれから、そんな空気がそこらじゅうに漂っている。

もうすぐ夏休みが始まる。なんだか世界が変わりそうな気がしていた。

路上でじゃれあいながら大笑いしていた私と冴香の前に、一台のトラックが停まった。『しあわせな未来をとどけるトータルファニチャー　青田家具』というペイントを目にした瞬間、現実に引き戻された。

トラックから降りてきて説教をしようとする父をなんとか制し、冴香に手を振ってトラックの助手席に乗り込んだ。お説教はあとでいくらでも聞くからとにかく車を出して、と私は父に懇願した。

ディスコから出てきた浮かれた客が進路を邪魔して騒いでいた。

運転席では父がぶつぶつ文句を言っている。このままでは誰かれかまわず、そこらじゅうの若者にあてて説教をしかねない雰囲気に気が気でなかった。「早く出して！」と叫びながら、私は冴香に手を振り続けた。

煌々と明るい街を背に、冴香も手を振った。つられて父はいつもの癖なのか、プップーと派手なクラクションを鳴らしてトラックを発進させた。

繁華街の一帯を抜けて、国道を西へと走っていく間じゅう、父は説教を続けた。私はいつまでも夢見心地で、小さく鼻歌を歌った。

空には無数の星が瞬いて、小さいけれど明るい光を地上に届けている。いくつもの峠を上ったり下ったり、トンネルをくぐり抜けながら、青田家具店のトラックは真夜中の道を進んだ。蒼白くまるい月が、遠くなったり近くなったりしながら、どこまでもゆくての空に浮かんでいる。半分開いた窓から吹き込んでくる生ぬるい風が頬を撫でてゆく。

海の匂いがして、住み慣れた町がもうすぐそこだと知らせていた。

私と安西くんがつきあっている、と知った時の歩美と典子は、まるで魂を抜かれたような放心状態に陥り、それから急にスイッチが入ったみたいに、矢継ぎ早の質問攻撃にでた。

いったい、いつから？　きっかけは？　告白したのはどっち？　いつのまに安西くんのことを好きになったの？　どうして黙っていたの？　どんなふうにつきあっているの？　デートはどこへ行くの？　普段の安西くんって、どんな感じ？

二人から何をどれだけ尋ねられても、自分自身よくわかっていないのだから上手く答えられるはずもない。安西くんとのことは、どう説明したらいいのか、自分でもよくわからない。高校野球にまったく興味がない私は、坊主頭の男子を素敵だと思うようなタイプの女子でもなかった。まったく、野球部の男子を好きになるなんて、自分でも驚きの展開だったのだ。

　高校最後の夏、セトショウ野球部は県大会の初戦で敗退し、甲子園の夢はあっけなく終わってしまった。あとから聞いた話では、一点差の惜しいゲームだったらしい。そのことはもちろん残念だが、夏の早い時期に、二人の親友が甲子園の夢をあきらめてくれたことは、私には都合がよかった。もしもそのまま県大会を勝ち上がり、甲子園に出場するようなことがあったなら、彼女たちは間違いなく、高校生活の総決算として夏のすべてを野球に注ぎ込み、野球部とともに燃え尽きてしまったことだろう。それが彼女たち、セトショウ女子の本懐なのだろうが、そうなると私は置いてきぼりをくったまま、寂しい夏を過ごしていたに違いない。

　海やプールで、脱・スクール水着記念として存分に日焼けを楽しんだり、町内に新しくオープンしたコンテナハウスが連なったカラオケボックスに入り浸ったり、互いの家に寝泊まりして朝がくるまでしゃべり明かしたりすることもなかっただろう。野球部には気の毒だが、早くに敗退してくれたおかげで、私は思い残すことが何もないくらい、二人の親友とともに最後の夏を満喫することができた。

　秋になると、歩美と典子は自動車免許を取得するために教習所へ通いだした。就職が内定した彼女たちは、社会人になるための準備に余念がなかった。一緒に教習所通いをしようと誘われたが、就職が内定するどころか進路さえ決めかねていた私にそんな余裕はなく、そんな日々の中で、初めての恋をしていた。

私は安西くんについて、何も知らなかった。

彼がセトショウ野球部のエースで四番だったことも。野球部の練習が終わるといつも学校の正門横にある駄菓子屋でコカ・コーラを一気飲みしていたことも。本当はプロ野球選手になりたかったということも。最後の県大会が初戦で敗れてしまった時、周りを憚ることなく大泣きしたことも。

野球に打ち込む彼の姿を、私はまったく記憶にとどめていなかった。

安西くんの古びた黒い自転車は、ハンドルの曲がり具合がカマキリを思わせ、サドルの位置は妙に低く、それ自体としては格好よくもなんともないのだが、背中をまるめた彼が気だるそうに操縦を始めるとなぜか様になり、そのシルエットが私は好きだった。すっかりくたびれた黒い自転車の後ろに乗せてもらい、放課後にはよく臨海公園へ行った。

夕暮れ時のやわらかな光が、公園のすべてをうっすらと金色に染め、枯れた芝生の広場では子供たちが夢中になってボールを蹴っていた。公園に隣接する白い小さな教会は、いつもひっそりとそこにあり、空と海の青によく映えた。

その日はちょうど雨上がりで、きれいに洗いあげられた景色のすべてが、泡のような雨粒に濡れて光っていた。

海が見渡せるベンチに座り、私は小さな屋台で買ったチョコレートクレープを頬張り、安西くんは温かい缶コーヒーを飲んでいた。

「青田って、就職？　進学？」

コーヒーを飲み干した彼は、持っていた空き缶をぎゅっと片手で握りつぶし、まっすぐな視線をよこした。

「やっぱりクレープはチョコだよね。それも生クリームとチョコだけのシンプルなのがいいな。こないだね、ツナと……」

「だからどうなの、青田は」

ときどき強引なところにも魅かれていた。切れ長のすっきりとした大きな瞳で見つめられると、私はなんでも白状してしまう。

「言おうと思ってたんだけど、進学することにした」

「県外？」

「うん。東京……」

ひとつ小さく息を吐き、そんな気がしてた、と言って彼は立ち上がると、私をベンチに残して歩きだした。

目の前には、嵐など永久に起こりそうにない穏やかな瀬戸内海が広がっていた。

展望台の先端に立った彼は、拾った小石を海に向かって放り投げた。エースの腕から放たれた小石は大きな放物線を描き、透明に澄んだ空気の中に吸い込まれて消えていった。

クレープを食べ終えた私は彼の背中を追いかけた。隣に立ち、その横顔を見上げる。まっ黒に日焼けしていた肌が、日増しに本来の色に戻りつつあった。ニキビひとつない頬は、高校球児らしくないつややかさで、思わず触れてみたくなるほどだったが、手を伸ばすことはできなかった。彼の横顔は、いつも遠く感じる。

波のない海の上空には風もなく、時が止まったような景色の中に、二人だけがいる。表情のない横顔をただいつまでも見つめていたかった。

「行くなよ、東京なんか」

海を見つめたままの彼が、不意に発した言葉に、胸がしめつけられる。

横顔がこちらに向き直り、涼しい目をした彼が、顔を近づけてきた。

「う、そ、だ、よ」

笑って、小石をもうひとつ、放り投げる。

「もう、驚かせないでよ」

「驚いた？」

「らしくないこと、言うから……」

無意識に膨らませていた頬っぺたを、彼の人差し指が横から押した。

「そんなことより、安西くん」

「あ？」

「就職内定、おめでとう」

しゃがんで足元の小石をまたひとつ拾い、掌で何度も感触を確かめながら、「めでたい、かな」と彼は呟いた。

「大企業だよ、すごいじゃない」

彼は黙ったまま、小石をもてあそんでいる。

「せっかく内定が決まったのに、あんまり嬉しそうじゃないんだね。どうして？」

「どうしてって……」

安西くんの就職が内定したのは、誰もがその名を知っている一部上場企業のスポーツ用品メーカーだった。春から彼は、その会社の四国営業所で働くことが決まっている。

安西くんは握っていた小石を力いっぱい海に向かって放り投げた。

音もなく吸い込まれ、空に消えていった小石の行方を探すように、二人は同じ海を見ていた。

「俺は、野球のことしか考えてこなかった。今までずっと。野球ができない日がくるなんて、想像もしていなかった。でも、必ずその日はやってくる。俺の想いとは関係なく」

海面に一羽のカモメを見つけた。ぽつんと一羽だけ、青い波間に小さな白い点となって浮かんでいる。

自分の存在が、野球を失くした彼の空白を一時的に埋めているだけだとしたら……。それでもいい、という想いと、それでは寂しすぎる、というふたつの想いが、私の中に同時に生まれる。

「じゃあ青田はなんで進学するんだよ、それもどうして東京なわけ?」

海面を蹴るように、カモメが羽を広げた。空に舞い上がったかと思うと、風のように消えていったカモメを探しながら、私はなんと答えればいいのか迷っていた。

広い世界を見たいから、そう言うと、この町のみんなに悪い気がして、ためらわれた。

進学なんてやめて、このまま彼と結婚したい。突拍子もない想いが込み上げたが、もちろんそれが現実的でないことは明白だった。

「どうしてかな。今はまだ、人生を決められない、からかな」

西の空には、水平線に沈んでゆく赤い夕日が燃えていた。透明な輝きは音もなく、けれど烈しく燃えながら、澄んだ空と波のない海を朱色に染めていた。それは信じがたい美しさで私を圧倒し、隣にいる彼の横顔を照らしていた。

きっと私は、社会へ旅立つ仲間たちが直面している現実を理解することも、また彼らから理解されることも難しいのだろう。町を去ってゆく者のことなど、きっと彼らは忘れてしまう。そして、私もこの町のことをいつか忘れてしまう時が来るのだろうか。


黒い自転車の後ろに乗る時、私はいつも両腕をぎこちなく彼の腰へまわし、背中にそっと頬を寄せ、その存在を確かめる。学生服のかすかな匂い。思わずもたれかかってしまいたくなる広い背中。どこへ行こうか、と訊く低い声。風に靡く少し癖のあるかたい髪。そのすべてが愛おしくなり、彼への想いが強くなるほど、寂しくなる。手も握ろうとしない彼の気持ちがどこにあるのか、私にはわからなかった。

誰もいない放課後の教室で、コーラの缶で間接キスをしたあの日の自分が、なんだか羨ましい。

恋を意識していない時は、相手のことなどおかまいなしに言いたい放題、相手から自分がどう見られているかなんて気にもしなかった。

もしかしたら彼は、あの頃の私を好きになったのかもしれない。あの頃にくらべて今の私はどうだろう。息がつまるような想いをひた隠し、相手の顔色に一喜一憂し、取り繕うことばかりに一生懸命になっている。そんなふうに変わってしまった自分が、彼の目にどう映っているのか、それを考えると不安で、何か確かなものが欲しかった。


よく晴れた、土曜の午後だった。

私を後ろに乗せた黒い自転車は、ときどき小さな悲鳴を上げるようにタイヤを軋ませながら、臨海公園に到着した。

同じ色をした空と海がひとつに溶けあうように青く煌《きら》めき、あたたかな日差しをうけて輝く白い教会からは、鐘の音が鳴り響いた。

「結婚式かな。見に行ってみよう」

私は彼の制服の袖を引っ張った。

白い小さな教会では、結婚式が行われることがあった。白鳩の一群が大空に放たれ、鐘が打ち鳴らされると、空と海がいつもとは違う特別な色で染められたように見えた。

しのび込んだ教会の内部は、ひっそりと静かだった。結婚式をしている様子はまるでなく、人気《ひとけ》もない。

　木製の重厚な両扉を押し開くと、想像していたよりもずいぶんと奥行きのある空間がひらけた。吹き抜けになった天井を見上げると、どこか違う国の大聖堂にでも迷い込んだようだった。扉からいちばん近い長椅子に並んで腰かけると、さらなる静寂に包まれた。

「結婚式じゃなかったね」

「それどころか、誰もいない」

　小声で囁きあうと、しんとした空気が震えた。

　壁面の大きなガラス窓から差し込む陽光が、祭壇に掲げられた十字架とその向こうにあるステンドグラスを照らしている。

「神様って、信じてる？」

　神様という存在について深く考えたことはなかったけれど、安西くんとこうして二人きりでいる時、ふとその名を口にしたくなることがあった。

「野球の神様なら、知ってる」

「野球の神様？」

　明るい光で縁取られた横顔は、精巧な影絵を見るようだった。

「その野球の神様は、県大会にも来ていたの？」

「もちろん。どんな時も、どんな場所にも、必ず神様はいる」

「それなら、私も会いたかったな。そうしたら、どうしてセトショウが負けちゃうのよって、喧嘩したのに。今からでも遅くない、どこにいるの？　その、野球の神様とやらは」

聖堂にいる彼はまるで、神話にでてくる妖精みたいだ。魔法をかけられ彫刻になってしまったような横顔が、低い声でゆっくりと呟いた。

「野球の神様なら、いつだって会える。いつも、必ずそこにいるから」

私には見えない何かを見つめているような視線だった。

「神様に会えなくてもいいから、安西くんが野球をしている姿が見たい」

私の切実な願いを彼は鼻で笑った。

「青田って、ほかの女子みたいに、甲子園へつれてってって、とか言わなかっただろ。今頃になってそんなこと言うなんて、変わってる」

それを指摘されると、私は本当につらい。

「安西くんにはわからないんだよ、女心が」

考えてみれば二人のあいだには、告白とか、約束とか、恋愛を証明するようなものは何もなかった。

最初の頃、偶然が重なると、奇跡だと思った。言葉を交わさなくても、自然に二人して帰り道をともにすることが嬉しかった。何もしなくても、二人でいられるだけで楽しかった。安西くんの笑った横顔を見ているだけで幸せだった。

あんなに満たされていたはずなのに、どうして今ではこんなにも何かを求めてしまうのだろう。これが、恋というものなのだろうか。嬉しくて、楽しくて、幸せなだけでは済まされない、それが恋というものなのかもしれなかった。

「ひとつ、質問してもいいかな？」

「なんなりと」

私の胸がこんなに音をたてているというのに、安西くんはいつだって余裕の態度だ。

「私たち……これって、つきあってるのかな？」

きらきらと光を反射する十字架の前で、私たちは見つめあった。

「違うの？」

彼の涼しげな目が、まっすぐに私を捉えていた。

安西くんにそう切り返された私は、自分がした質問に、自分で回答する羽目になってしまった。

「ち、違わない、と思う……」

予期せぬ展開にうろたえるだけで、謎めいた彼の本心に迫ることはできなかった。

それでも二人の関係を確かめることができたのだ、自然のなりゆきとはいえ、教会という神聖な場所で。

「大学受験に合格したら、ひとつお祝いにお願いしたいことがあるんだけど」

私は彼に、それまでひそかにあたためていた計画を打ち明けた。

「合格したら、二人で卒業旅行に行きたい。関西でデートなんて、どうかな?」

どんな反応がかえってくるか心配していた私を、彼は意地悪な目つきで見返した。

「青田って、なんかやらしいこと考えてない?」

その言葉に、私は瞬間湯沸かし器のごとく全身が熱くなった。

「安西くんこそ、なに変なこと考えてるの、日帰りだってば。それに、私が東京へ行ったら、神戸とか大阪とか関西で逢おうよ。東京と四国のちょうど真ん中でしょう?その予行演習をやっておきたいの」

たとえ遠距離になっても、ずっと一緒にいたいという気持ちを、何気ない会話の中で伝えておきたかった。

「卒業旅行か、いいかもな。それなら、絶対に合格しろよ」

「なんだかそれって、絶対に東京へ行けって聞こえる」

私は嬉しいくせに、拗ねた声を出す。

「受けるからには合格しろってこと。受験を決めたのは、青田だろ」

西日に照らされたステンドグラスが鮮やかに発色していた。その向こうにある樹木が風に吹かれて葉を揺らすたび、赤、青、緑、橙……光の粒が瞬いては反射して、色とりどりの宝石でできた万華鏡の中に閉じ込められたように、二人がいる場所をあたたかい光で包んでいた。

5　必勝！　瀬戸内商業高校

――両チーム無得点のまま、試合は二回の表へ進みます。打席はセトショウのエースで四番、佐倉選手です！――

試合前の撒水によって黒く湿っていた土もとっくに乾き、球児たちが走りだすたび、白い砂塵が巻き上がっていた。グラウンドはまるで、うっすらと煙が立ちのぼる空焚きした鍋底のようだ。

灼熱の甲子園球場のその真ん中、光がふりそそぐマウンド上には、相手チームのエース、花山投手が落ちつきはらった表情で待ち構えていた。駅の雑踏で、さてこれから何をしようかと考えているような力の抜けた立ち姿は、そのまま余裕の表れに見えた。

「ヨッ、待ってました！　四番打者の登場や。頼むで、佐倉！」

私は人差し指を口元にあて、隣に視線を送った。おっちゃんの声がうるさくて、ラジオが聞こえにくい。

――エース対決という場面になりました。投げるは、セイユーのエース花山、そして迎え撃つバッターはセトショウのエース佐倉という場面。セイユーの花山が〝静かなエース〟あるいは〝クールビューティー〟などと呼ばれているのに対し、セトショウの佐倉は〝闘魂のエース〟として、気持ちを前面に出していくガッツあるプレーが魅力のピッチャーです。また打つほうでも四番打者として、チームの中心的存在であり、チームメイトからの信頼も厚く、監督は「佐倉と心中する覚悟」とまでその心境を語っていました。それではいよいよ、注目のエース対決です！――

佐倉くんが右打席でバットを構える。

身体の軸がそのまま地中の奥深くまで突き刺さっているような安定感のある姿勢で、脚でリズムをとったり、派手に身体を揺らしたりすることなく、ただ静かに構えている。地中から吸い上げた熱を爆発させる時を待っているかのように。

――ピッチャー花山、第一球、投げました！　ストライーーク！　初球低めに決まってワンストライク！――

ラジオのアナウンサーが言うところの、高め低め、インハイ、アウトロウ、カーブ、スライダー、フォーク、云々……という言葉はあまり耳に入ってこない。聞いてもよくわからないし、それほど野球に詳しくない。球種など知らなくても、十分に野球を楽しむことができている。

――ピッチャー花山、第二球……投げました！　……打ちましたあああ！　右中間へライナーヒットを放ちました！――

地面に突き刺さっていた軸、佐倉くんの身体がバットのスイングとともに素早く回転し、目の覚めるような打球が飛んだ。一塁を蹴り、二塁を目指そうとした彼は、ライトが返球しようとしたのを見て一塁に戻った。ガッツポーズを決めることもなく、リードをとりながら、次のプレーに集中している。

「さすがエースデヨバン！　馬名がええとよう走る！」

おっちゃんが頭の上で大きく手を叩く。

「だから、馬じゃないし」

あきれながらも笑ってしまう。おっちゃんに負けじと手を叩く。

三塁アルプス、セトショウ応援団が一気に盛り上がる。昂奮して跳びはねたり、隣同士で抱きあうたび、スクールカラーのブルーが悦びに震えるようにさざめく。

いいぞ、いいぞ、サ・ク・ラ！

いいぞ、いいぞ、サ・ク・ラ！

白いシャツを着た大応援団が陣取ったスタンドが、白い山のように見えたことからアルプスと名づけられたという話を聞いたことがあったが、その意味を実感する光景が目の前にあった。三塁アルプスは今、波がうねる青い海のように見える。

――先頭打者、セトショウ四番の佐倉が初ヒットを放って出塁しました！　ノーアウト一塁！　続いて打席に入るのは、佐倉とバッテリーを組んでいる女房役のキャッチャー谷本です！――

〈五番、キャッチャー、谷本、くん〉

うぐいす嬢のコールに、三塁アルプスから大声援が送られる。先頭打者の出塁に期待が高まる。

ネクストバッターズサークルで素振りをしていた谷本くんは、一度眩しそうに空を見上げ、それから右側の打席に入った。ぐっと腰を落とし、コンパクトに構える。

キャッチャーといえば、大柄で体格のよいイメージを持っていたが、高校生キャッチャーは思ったより華奢でスマートだ。それでもよく見ると、ポジション柄、鍛えられたのだろう、安定感のある下半身をどっしり据えてバットを構えている。軸脚に添えた左脚のつま先でぐいぐいと土を掘るようにしながら、ボールを待つ。顔の見えない背中に向かって、「頑張って」と心の中で言葉をかける。

マウンドの花山投手は、すでに気持ちを切り替えていることがその表情から見てとれた。先頭打者を出してしまったことも、相手チームのエースに打たれてしまったことにも、なんの迷いも焦りもないという表情だ。淡々とした様子で、自分のリズムをくずすことなく、身体に染みついたタイミングと間の取り方で腿を上げ、右腕を振り下ろす。

ストライーーク！　大事な場面に、主審の集中力も高まっているようだ。さらに機敏な動作でジャッジする。

ぐいぐいと左のつま先で土を掘り、タイミングを見計らっていた谷本くんだったが、続けてストライクを決められ、ツーストライク、ノーボールと追い込まれてしまった。

その後の二球をファールで凌ぎ、続いて見送った二球はどちらもボールの判定で、カウント、ツー・ツー。セイユーバッテリーに対し、バッターは粘りを見せた。

――カウント、ツー・ツーからセイユー花山、投げた！　うううううん……ボールの判定、微妙な判定に思わず花山も苦笑い。これでカウントは、ツー・スリーになりました。次の一球が、ひっじょーに、大事です！――

追い込まれていた状況が、バッターの粘りによってわからなくなった。ツー・スリーというカウントは、ピッチャーもバッターも、どちらにとってもギリギリの状態だろうが、それを見ているこちらもキリキリと胃が痛みだす。

打席でバッターは、さらに足首を捻じるようにして土を掘った。ぐいぐい、ぐいぐい。

――さあ、大事な一球……カウント、ツーストライク、スリーボールから、ピッチャー花山、今セットポジションから……投げました！――

ピッチャーの手からボールが離れる瞬間、バッターの腰がふわりと浮き上がった。バットを振り出そうと身体をひねりかけ、ぴたりと動きが止まる。主審は、動かない。

――わずかに外れてボール！　先頭打者がヒットで出塁、続いてフォアボールでノーアウト一、二塁になりました！　二回の表、瀬戸内商業高校にチャンスがおとずれました！　バッテリーを組む二人が出塁し、得点圏にランナーが進みます！――

佐倉くんは二塁へ、谷本くんは一塁についた。

マウンドの花山投手は余裕があるのか、薄く微笑むような表情を見せている。ピンチを背負いながらも、堂々とした姿は、さすがエースという貫禄だ。けれども彼だって人の子だ。動じないふうに見えて、やはり相手チームのエースで四番という存在を意識しないわけにはいかなかっただろうし、そこから調子が狂いだすということもありうると、私は意地の悪い想像をした。

〈六番、ファースト、清川《きよかわ》、くん〉

この絶好のチャンスに、三塁アルプスのセトショウ応援団はこれまでにない盛り上がりを見せた。いいところのなかった一回表、ピンチの連続だったその裏と、溜め込んでいた鬱憤をここぞとばかりに吐き出した。

割れんばかりの大声援の中、うぐいす嬢にコールされたバッターが、のしのしと巨体を揺らしながら右打席に入った。素振りの前にツーステップを踏み込む動作が、その巨体に似合わず愛らしい。小粒揃いといわれるセトショウチームの中で、彼の立派な体躯は際立って見えた。

「ここはバントか？　せやけどこのオッサン、バントできるか？」

「おっさん、ちゃうし」

甲子園で活躍する現役高校生が、こんなけったいなおっちゃんから、オッサン呼ばわりされるとはあまりに不憫だ。言われてみれば動作と風貌が、そういう印象を与えなくもないのだが。

ツーステップを踏んでいた清川くんが、ふいに身を屈めてバットを寝かせた。

――六番、清川、バントの構え……。セイユー、ピッチャー花山、セットポジションから……第一球投げました！　ストライーク！　バントしっぱーい！　ワンストライク！――

清川くんが後ろを振り返り、悔しさを噛みしめるように、ぎゅっと目を瞑った。

顔色ひとつ変えないピッチャーが、飄々と投球動作に入る。

無駄な力みのない脱力した体勢から、右腕が振り抜かれる瞬間、溜め込んだパワーを炸裂させるように腕が伸びてゆく。見慣れたモーションで投げられた、第二球目、清川くんの屈めた背中が、飛び上がった。同時にボールがバットに当たって跳ね上がる。

――ファール！　二球目もバント失敗で、ツーストライク！――

「バントなんかやめてまえ！　打ったれ、清川！」

いやいや、監督はあなたじゃないですから、そうツッコミを入れたいところだが、バントが決まりそうな気配がまったくしない。

――バントを決めることができるか、清川！――

「決めてくれ！　清川！」

ラジオのアナウンサーとおっちゃんが、同時に叫んだ。

コンッ。

身を低く沈めた清川くんのバットに辛うじて掠っただけのボールは、弱々しく跳ねて転がった。キャッチャーが素早くそれを掴んで三塁へ送球した。

――三塁、フォースアウトォォォ！　そうはさせません、セイユーバッテリー！セトショウはワンアウト、一、二塁という局面に変わりました！――

さらに勢いを殺《そ》ぐように、次の七番打者は、三球三振に終わった。

ノーアウト、一、二塁という絶好のチャンスが、気づけばツーアウト、一、二塁に変わってしまった。ここで一点も入らないのは悔しすぎる。しかしまだチャンスはある、次のバッターに託すしかない。

うぐいす嬢のアナウンスに耳を澄まし、聞こえてきた、甘やかな声。

〈八番、ライト、浜元《はまもと》、くん〉

浜元、浜元、浜元……。スコアボードを見つめ、私は呟いた。

「なんや、姉ちゃん、知りあいか？　どれどれ……」おっちゃんがガイドブックをめくる。

「八番、ライト、浜元。実家は、ハマちゃん蒲鉾で地元では御馴染みの浜元食品……」

「なんですって⁉」

私はおっちゃんが持っている雑誌をひったくった。記事には、おっちゃんが読み上げたとおりのことが書かれていた。ご丁寧に蒲鉾のイメージキャラクター、ハマちゃんまで紹介されている。さっき食堂から見た、バスの車体にペイントされたのと同じ、ハチマキを巻いた魚、ハマちゃんだ。

へぇー。間の抜けた声を発したきり、言葉が出てこない。記憶のトンネルをものすごい勢いで遡り、そうして思いだした。浜元食品の後継ぎ問題を、町じゅうで心配していた時期があったことを。知らないあいだに待望の長男が誕生し、こんなに大きく成長して甲子園に出場しているなんて！

私はもう嬉しくて、親戚のおばちゃんになった気分だった。

「頑張ってー！　ハマちゃーん！」

声を張り上げずにはいられなかった。叫んでみると、自分でも驚くほど大きな声が出て、思いのほか気持ちがいいのだった。

「姉ちゃん、ほら見てみぃ、アルプスに友達いてるで」

「ほんとだ！」

三塁アルプスの応援団の中に、ハマちゃんの着ぐるみの姿があった。

「暑い中ご苦労なこった。死んでまうで」

いったい誰が中に入っているのだろう。浜元選手のお父さんか、まさかおじいちゃん……いや、それでは命とりだ。いずれにせよ、この炎天下で着ぐるみに入るなんて、完全に自殺行為、命懸けの応援だ。二十一年ぶりの甲子園出場は、それを待ち望んでいた地元の人間にとっては、死んでもいいくらいの、一大事なのかもしれなかった。

アルプスと外野席を仕切っているフェンスには、『必勝！　瀬戸内商業高校野球部～駅前商店街オリーブ通り』と染め上げられた全長二十メートルはありそうな横断幕が設置されていた。あの場所に町じゅうの人たちが大集結しているのだろう。父や母、兄、長いあいだ会っていない私の家族たちも来ているのかもしれなかった。

行け！　行け！　ハ・マ・ちゃんッ！

行け！　行け！　ハ・マ・ちゃんッ！

指揮者のような立ち位置で、着ぐるみのハマちゃんが音頭をとり、それにあわせて三塁アルプス応援団が息のそろったかけ声をバッターへ送る。私はアルプスと打席を交互に見つめながら、アルプスの大声援がバッターボックスの彼に届きますようにと願った。視線の先にいた浜元くんが、打席で派手に一回転した。

――ストライーーク！　空振りぃぃぃ！　ピッチャー花山、ど真ん中に決めて、ワンストライク！――

一塁アルプス、セイユー応援団から歓声が上がる。

バットを構え直した浜元くんは、全身から「打ちたい」という気迫を漲らせ、踵で小刻みにリズムを取りながら、神経質そうに肩を揺らす。

一、二塁、それぞれランナーはリードを広げ、ピッチャーとバッターの動きを、息を殺して睨んでいる。ここはなんとしても、先制したい。両手の指と指をかたく握りあわせ、私は祈るようにグラウンドを見た。

ツーアウトまで追い込んだとはいえ、ランナーが二人出ている状況なのに、マウンドの花山投手は変わらず淡々としていた。表情は冷静そのもので、気持ちが揺れていないのがわかる。その姿は高校球児というよりも、修行僧のようだ。

ほとんどの選手が半袖のシャツから日に焼けた腕を出している中で、花山投手だけが、白い長袖のアンダーシャツを着ている。絹で織り上げたような美しい光沢のある袖が、エースの両腕をガードしている。生身の肌を晒さない両腕が、サイボーグのように見えた。感情を露わにすることなく、静かな呼吸を繰り返し、涼しげな表情を見せる彼が、脅威に思えた。

花山投手がセットポジションから右腕をしならせる。

キィン！　何かが破裂したような甲高い打球音に、身体がぐっと前のめりになった。見ると、衝撃音とはうらはらに、ボールは小さくワンバウンドし、勢いを失った。浜元くんが肩を落とし、走りだす。花山投手が落ち着いて一塁へ送球し、一塁塁審が握り拳をゆるやかに掲げた。

——浜元はピッチャーゴロに倒れ、スリーアウト！　セトショウ二者残塁！　先制のチャンスを生かせず、二回の表も０対０のままです。セイユーの花山は、要所要所をしめる素晴らしいピッチングを見せました。次は二回の裏、聖友館の攻撃です！

——

ショボショボのゴロだった。

三塁アルプスからは、溜息の大合唱が起きた。

町全体で見守り育ててきた子供、そんな愛着を共有しているだろうから、浜元選手に対しては期待も大きかったに違いない。すでに私も親戚気分になっている。こんなことを言っては失礼だが、幼稚園のお遊戯会で失敗をしてしまった我が子を見る気分とはこういう感じなのだろうかと思った。ゴロを打たされたのは悔しいけれど、それよりも愛らしさのほうが勝ってしまうのだった。

歩美と典子は必ず甲子園へ来るだろうと思っていた。

おそろしく長い時間がかかったが、「甲子園へつれてって」という彼女たちの夢が叶う時がついに来たというのに、今日この甲子園球場に二人が訪れることはない。

歩美には小六になる一人娘がいる。彼女の夢はアイドルになることで、オーディションにも頻繁に挑戦しているらしい。娘の夢は母の夢でもある。オーディションの日程が重なってしまったから甲子園へは行けないと歩美は言い、典子は母親の介護でそれどころではないと言う。あの前田のコロッケを揚げていたおばちゃんが、身体の具合を悪くしているということを私は少しも知らなかった。二人の親友とも、もう長いこと逢っていない。

二十一年ぶりとなるセトショウの甲子園初戦が目前に迫った夜、さんざん逡巡したあげく、ようやく私は二人の幼なじみに電話してみようという気になった。

たしか十年前くらいまでは、ときどき電話もしていたし、たまに帰省した時には三人で食事をすることもあったのだが、いつからか私たちのあいだには埋めようのない距離がひらいてゆくばかりだった。

高校を卒業して三年目の夏に開かれた小規模の同窓会では、私一人が気楽な大学生で、参加者の大半が社会に出て働いていたせいか、どうも会話が噛みあわず、居心地の悪さだけが残った。

銀行や証券会社、地場企業などで働く彼女たちは、社会人となって三年目、ようやく仕事を理解し、会社や世の中の仕組みもわかってきたと共感しあっていたが、私にはなんだか遠い世界のことのようだった。

同窓会の席に安西くんの姿はなく、大阪本社に転勤になったらしいと誰かが言ったきり、私に気をつかってなのか、話は途切れてしまった。

歩美は二十二、典子は二十五歳の時にそれぞれ職場で知りあった男性と結婚した。その日が来るのを幼い頃から待ち望んでいたというのに、実際にその時が来ると、子供だった頃の純粋な自分はもういなかった。

結婚という制度そのものにも、疑問を抱いていた。就職してしばらく働き、職場で知りあった男性と身近な恋をして、結婚が決まると早々に会社を辞めて花嫁修業をするという生き方にも違和感があった。地元の特徴でもあるのだが、やたらと長い時間をかけて行う結婚披露宴に招待されるたびに、形式的な宴に内心うんざりするようになった。最後に彼女たちに会ったのは、たしか典子の結婚披露宴の席だった。

あれから十年以上の歳月が流れ、年賀状を出すという形式的な挨拶だけは交わしているものの、もう私の存在など忘れているのではないかと不安になりながら、まずは歩美に電話をかけた。

最初に、なんと言おうか。ほかの家族が電話口に出たなら、なんと名乗ればいいだろう？　幼なじみの青田です、と言えばわかってもらえるだろうか。不安が過り、思わず電話を切りたくなった時、耳元に懐かしい声が聞こえた。

あの、もしもし、歩美？

……リサ、リサなの⁉　久しぶり！

その瞬間、身構えていた何もかもが溶け出していくのがわかった。一瞬にして高校時代に戻ったように、懐かしく親密な空気が溢れた。

かつて自分が抱いた感情の、その根拠はどこにあったのか。過去を振り返る時、そう考えることがあるが、この時の電話はまさに、その連続だった。長い時間をかけて経験してきたはずの歴史が、一瞬にして塗り替えられるような感覚があった。

歩美が懐かしそうに、時におかしそうに話す言葉には、意外な種明かしが多く、とくに私が安西くんとつきあい始めた頃の話には、驚かされることもあった。

「リサが安西くんとつきあうようになってから、あたしたちなんだかすごく寂しかったんだ。リサったら、人が変わったみたいになっちゃったし……。あたしとノリは、彼に焼きもちやいてたからね。だって、あたしたちの大切な親友を奪ったんだもの。

でも、仕方ないって思ったの。それくらい、やっぱり初恋って大事だもの。人が変わっちゃうくらい」

彼女は当時をそう振り返った。彼女たちがそんなふうに考えていたなんて、知らなかった。

「そうだったかな？　私、安西くんとつきあって、そんなに変わった？」

「変わった、変わった、もう悲しいくらい」

声の調子がワントーン上がったのを合図に、電話の向こうで顎を突き出しながらしゃべっているであろう歩美の懐かしい表情が目に浮かんだ。

「着る服だってほら、襟元がフリフリになったやつとか、フリルのスカートとか好きだったのに、急にシンプルでボーイッシュになったでしょう。落ち着いた色のセーターにリーバイスとか穿くようになって。ああ、こういうのって、彼の趣味にあわせているんだろうなって思ったもの。聴く音楽だって、あたしたちが知らないような洋楽とか聴くようになったし。甘いものは食べなくなるし。友情より、恋かよ？　みたいな、あはは」

話しながら、歩美はよく笑った。

「でも仕方ないよ、恋だけは。それに相手は安西くんだよ。あたしやノリに、勝ち目ないでしょ。だからね、二人で話したの。リサと安西くんを見守っていこう、応援しようって。だって、親友だもん。でも本当に寂しかったんだ。今だから言うけど」

あの頃は、とても贅沢なつきあい方をしていたのかもしれない。

大人になったら、女友達と会うのにも理由がいる。ショッピングへ行こうとか、人気のレストランへ行ってみようとか、たまには女同士で温泉へ行こうとか。何かしら理由がなければ誘いにくい。今日はただ一緒にいよう……。つきあっている彼氏には言えても、女友達には言えない。

あの頃は、ただ一緒にいるだけだった。約束も理由もないのに、呆れるくらいにいつも一緒だった。

タイムカプセルから思い出の品をひとつひとつ取り出しては懐かしむように、私たちは共に過ごした青春時代を振り返り、互いの近況についても報告しあった。

歩美は笑いながら、私にこんなことを指摘した。

「年賀状だけど、いまだに○○郡××町なんて、古い住所で出すの、やめてくれる？リサくらいだよ、そんな時間が止まってるみたいなことする人。今じゃ隣近所の町々と合併して、郡じゃなくて、市、ですから」

市民に昇格したことが、よほど嬉しいらしい。公募で決まったという、とってつけたようなおかしな市名を連呼する。

大学を卒業したら地元に帰って就職する、それが条件で上京させてもらったのに、その約束を果たせなかった私は、今では家族とも疎遠になっていた。

「寂れた商店街の行く末なんか見たくもない、そう思ってるかもしれないけど、時代は変わる。予想もしなかった未来がやってくることもある」

商店街の再開発が進んでいる話を聞かされ、私は驚いた。

再開発といっても高層ビルを建てたり店舗を新しくするのではなく、昭和の時代がそのまま残っているレトロ感を売りにしているのだそうだ。インターネットで商店街の情報を発信したところ、人気も高まっているらしい。

「桐下駄屋さんなんて、年じゅう閑古鳥が鳴いていたのに、ネットモールで人気が出て以来、生産が追いつかないって嬉しい悲鳴を上げているわ。なんてったって、あの頑固なおじいちゃんがひとつひとつ手作りだからね、そりゃ大変よ」

「桐下駄屋のおじいちゃん、元気にしてるんだ、懐かしいなあ」

「それから、裏のばあちゃんち、憶えてる？　山根製麺所のコウメばあちゃん。今じゃうどん屋の名物ばあちゃんになって、タレント並みの人気なのよ。日曜日ともなるとうどん屋には大行列。コウメばあちゃんのうどんを食べるために、全国からうどん巡礼者たちが集まってくるんだから驚きよね」

「あのコウメばあちゃんが？　信じられない」

何より驚いたのは、再開発のプロジェクトリーダーをつとめているのが、私の兄だという話だった。

「リサのお兄さん、本当によく頑張ってる。青田家具店もオーダーメイドに力を入れたのが奏功して、今じゃお洒落な若者や本物を求める上質なクライアントが全国から訪ねてくるって話じゃない？　商店街のひとつひとつの店舗がどこにもないオンリーワンを目指す、そのいい見本になっているというわけ。もちろん、知ってると思うけど……」

　ときどきかかってくる母からの電話で、なんとなくは聞いていたけれど、聞く耳を持たない私には、すべてが現実味のない話だった。何を聞かされても、自分が責められているようで、後ろめたい気持ちになるばかりだったから、無意識のうちに耳を塞いでいたのだ。あの商店街が変わりつつあることにも驚いたが、それ以上に、兄の変貌ぶりが信じ難かった。

　七歳上の兄は、幼い頃からいつも遠い存在だった。一緒に遊んだ記憶もないし、思いだすのは勉強机に向かっている後ろ姿だけ。味気ない印象しかない昔の兄と、リーダーシップをとって商店街の再開発を推し進めているという現在の兄の姿とを、重ねあわせることができなかった。

　典子の声も聞きたくなり、続けて電話してみた。

あの頃と変わらない溌剌とした声を聞いた瞬間、卒業してからの時間がすべてなかったみたいに、互いの存在を身近に感じた。典子は介護疲れなど微塵も感じさせない明るさで、自分や身内のことよりも、私の身を案じてくれた。

歩美と典子、二人の幼なじみは、電話の最後を同じ言葉で結んだ。

たまには帰っておいで、と。

6　二人だけの卒業旅行

真夜中の午前二時、神戸行きのフェリーが高松港を出港し、二人だけの卒業旅行が始まった。春はまだ遠く感じる三月初め、冷たい風が吹きつける漆黒の闇に、汽笛が響いた。

靴を脱いで絨毯の広間に上がり、私と安西くんは並んで窓際の壁にもたれていた。エンジンがゆっくりと回転を始め、船体の振動が直に伝わってくると、込み上げてくる嬉しさに叫び声を上げたくなった。

「よくそれだけ嬉しそうな顔ができるもんだな」

久しぶりに会った安西くんは、耳が隠れるくらいに髪が伸びて、高校球児だった面影はどこにもなかった。

「だって、嬉しいんだもん。安西くんは、嬉しくないの？」

ブルゾンのポケットから取り出したラッキーストライクを咥えながら、彼はこちらを見ずに、嬉しいよ、と言った。ジッポーで火をつける横顔が大人びて見えて、どきりとした。

「煙草なんていつから吸ってたの」

「野球終わってから」

初めて嗅いだジッポーの匂いを私は胸に深く吸い込んだ。

「全然知らなかった」

長くてきれいな手指が煙草を挟むと、さらに美しいものに見えて、あんまり真剣に見つめていたら、彼は悪戯っ子のように、私に向かって煙を吐く真似をした。

「何するのよ、不良」

「だって青田は不良が好きだろ」

「何よそれ」

「運動部の男子は好きじゃないって、前に言ってた」

「嘘、いつそんなこと言った？」

「一学期……」

「覚えてないけど。安西くん、私のために不良になってくれたの？」

「そんなわけないだろ、青田って馬鹿だな」

煙を吐き出す彼の横顔に向かって、私は頬を膨らませた。

乗船客が少ない深夜便の船内はひっそりとして、トラックの運転手と思しき人たちが新聞を読んだり、仮眠をとったりしているほかに、絨毯の広間には私たちだけだった。

小さなまるい窓の外は真っ暗で何も見えない。住み慣れた町からも、そこに住むたくさんの人たちからも遠く離れた暗い海の上に二人はいた。もしもこのまま船が沈んでしまったとしても、二人でいられるなら幸せかもしれないなどと考えている私も、その隣で煙草を吹かしている彼も、不謹慎な高校生だった。

いつのまにか私は、彼の肩にもたれてうたた寝をしていた。目が覚めた時、彼は折り曲げた膝の上で漫画を読んでいた。

「マンガを持ってくるなんて、用意周到ですね」

目をこすりながら私が言うと、

「四時間の船旅ですから」

澄ました顔でページをめくり、漫画に集中したまま、こちらを見ようともしない。

「ねえ、安西くん」私は彼の肩を指でつついた。「雑誌でもなんでもいいんだけど、もっと一緒に読めるような本はないの？」

彼が読んでいるのは、ボクシングを題材にした漫画だった。

「ない」膝に視線を落としたまま、彼は答えた。

パンチの応酬。烈しい連打。飛び出す目玉。汗を噴き出し血を吐く男たち。疵だらけの身体……。ページをめくるたび、大仰でグロテスクな、それでいてどこかユーモラスな描写が延々と続く。デートの雰囲気を盛り上げるような、ロマンチックな小道具にはとてもなり得ない代物だった。わざわざこんなものを選んで持ってくるなんて、どういう神経をしているのだろう。

「つまーんないのー」私は唇を尖らせた。

それでもこの漫画には、彼を長いこと無言にさせるだけのおもしろさがあるはずだからと思い、じっと横から覗き込んでみたが、途中からではストーリー展開が理解できない。このマスクの男は敵？　それとも味方？　このボクサーはこのまま死んじゃうの？　最終兵器って何？　謎の女って、誰？

質問攻撃に音を上げたのか、音楽でも聴く？　と彼は訊いた。

「キクキク！」私はその提案に、飛びついた。

安西くんが肩にかけてきた青いリュックサックの中には、漫画やウォークマン、カセットテープ、文庫本、塩昆布、ハイチュウなど、長旅に備えたアイテムが詰め込まれているのだった。その準備のよさに、私は感心してしまった。

物欲しそうな目で見つめていたのだろう、安西くんはグリーンアップル味のハイチュウをひとつ私の手に握らせ、自分も口に放り込んだ。

ウォークマンのイヤホンをそれぞれひとつずつ、片方の耳に差し入れる。

「なにこれ？」

聴いたことのない洋楽が流れている。

「ポリス」

それは、曲の名前なんだろうか、それとも歌手の名前なんだろうか。

しばらく無言でイヤホンから流れてくる音楽を聴いていた。二人並んで壁にもたれ、膝を投げ出し、ひとつのウォークマンの、ふたつあるイヤホンをそれぞれひとつずつ耳に差し入れ、ポリスを聴く。そうして同じ音楽を二人で同時に聴いていると、ふたつの身体がひとつになったような気がした。

安西くんが好きだという『ポリス』は、真夜中のしんとした静けさの中で聴くのに相応しい音楽だった。歌詞の意味はわからないが、どこか切なく哀愁があって、激しさと情熱を内に秘めている安西くんと似ていると思った。

カセットテープが一周した頃、まるい窓の向こうの暗闇に、小さな明かりがきらきらと瞬いているのが見えた。

「外に出てみない？」

黒いセーターの袖を引っ張りながら、私は言った。彼は重たそうに腰を上げてブルゾンを羽織った。甲板へ続く扉を押し開けると、冷たい風が一気に吹きつけてきた。

「ほら見て！　すごくきれい！」

デッキの手摺から顔を突き出し、冷たい風に吹き飛ばされそうになりながら、遠く街の灯が暗闇の中で小さく燃えているのを眺めた。無数にゆらめく小さな光の粒たちは、澄んだ夜空に浮かぶ星々との合わせ鏡のように輝いている。

「落っこちるなよ」

少し遅れてやってきた彼が、隣に立った。痛いくらいに強い風が耳元でゴォと鳴り、強烈な波飛沫が足下に迫ってくる。

「写真を撮ろう」

私は斜めがけにしたショルダーバッグの中から、カメラを取り出そうとした。

「ここで？　真っ暗なんだけど」と彼は笑った。

たしかにそこには、写真にはうつらない景色がただ茫洋と広がっているだけだった。

冷たい風に目が潤み、滲んだ視界に見える景色の輝きは、写真では残せない。暗い海上を吹き渡る風の匂いや、夜明け前の澄んだ冷気の感触も、きっとすぐに忘れてしまうだろう。いつもなら眠っているはずの時刻に、彼と二人並んで、遠く光が瞬くほかには何も見えない暗い海を見つめていることの不思議を憶えていたくて、私は目を凝らし、耳を澄ました。隣に彼がいることを何度も確かめながら。

空は刻々と色を変えていった。暗闇が群青色に変わり、やがて透明度を増しながら、新しい朝を迎えた。

船内放送がまもなく神戸港に着岸することを告げると、客室に設置されていた数台のテレビモニターの映像が一斉に乱れ始め、しばらくして電源が切れた。船体の振動が大きくなり、遠くで轟音が響いたかと思うと、急に静かになった。

午前六時、神戸港の海上には厚い雲が垂れ込めていた。鈍色の海には大型の貨物船が点在し、曇天を突き刺すように伸び上がる巨大なクレーンが連なっているのが見えた。私たちが知っている港町とは全く違う風景がそこにあった。

四時間の船旅を終えた私たちは、最寄り駅である阪神電車の青木《おおぎ》駅に向かって、薄暗い住宅街を歩きだした。静かな通りに二人の靴音だけが響き、ぽつぽつと言葉を交わすたびに白い息が漏れた。犬を連れた老人とすれ違うくらいで、街はまだ眠りの中にあった。

「パチンコが俺を呼んでいる」

目の前に、派手な看板が迫っていた。阪神ホール、という電飾の文字が飛び出て見える。

「ここまで来てパチンコなんて、許さないから」

私はすぐさま却下したけれど、安西くんが楽しんでくれるなら、卒業旅行がパチンコ三昧になったとしても別にかまわなかった。

「煙草にパチンコだなんて、おっさんみたい」

「おっさんで結構。青田もすぐにおばさんや」

「まさか。私は永遠におばさんになんてならない」

神戸へ向かう電車は、山と海のあいだにある街の中を疾走した。山の斜面に夥しい数の住宅や高層マンションが密集している風景を、私は窓に張りつくようにして眺めた。まるで子供の遠足だな、隣で安西くんが笑った。神戸へ近づいていくほどに、曇っていた空は明るく晴れ上がり、街全体が陽光を浴びて輝きだした。

地下へ潜った電車が、阪神三宮《さんのみや》駅に滑り込んだ。

地下街からエスカレーターで地上へ出ると、都会の風景が広がった。初めて目にする神戸の街を見渡し、私は地元にはない百貨店を指さした。

「あれが、噂のそごう！」

「噂になんかなってないし」

そういう安西くんも、眩しげに見上げている。

三宮センター街は人影もまばらで、店はシャッターを下ろしたままだった。春は近いが、サラリーマンたちは暗い色の分厚いコートを着込み、背中を丸めて歩いていた。

しんとしたアーケード街を物珍しそうに二人で歩き、さらに元町へと続く高架下の細く狭い商店街を通り抜けた。シャッターを下ろした店舗が延々と続いているだけで、ウインドウショッピングにさえならなかったけれど、閉ざされた街のそこかしこに、神戸の空気を感じることができた。

アスファルトを踏みしめるスニーカー。色落ちしたリーバイス501。少し丸めたブルゾンの背中。右肩にかけた青いリュックサック。私の少し先を口笛を吹きながら歩く彼の後ろ姿は、神戸の街によく似合っていた。

元町から山手に向かって坂を上り、異人館通りを歩いた。瀟洒な洋館が建ち並ぶ通りや石畳の路地裏は異国情緒に溢れ、景色のすべてに溜息が漏れた。

よーい、ドン！　急に振り返った安西くんがスタートを切る。

そんなのずるーい！　かないっこない背中を私は追いかける。

息を切らして天神坂を駆け上がり、円形の広場から見渡せば、神戸の街が一望できた。さらにその奥の石段を登って見下ろすと、隙間なく密集したビル群の彼方に、銀色に輝く一角があった。そのまま空に繋がっているようにも見えるが、よく目を凝らせば、その小さな逆三角形が海であることがわかる。互いの姿を映しあっているような、限りなくひとつに重なりあった空と海が、街の背景にやさしい色合いで寄り添っていた。

ここでもほかに人影はなくて、ひっそりと静まりかえっている。澄みきった高い空に向かって大きく伸びをしながら深呼吸をしてみる。冷たい空気に、白い息がまじる。

坂の上の街は静寂に包まれて、有名な風見鶏の館も、萌黄の館も、堅くその扉を閉ざしている。このまま世界が眠りから醒めなかったとしても、彼と二人きりでいられるならそれもいい。異国のような景色の中で、私はそんなことを考えていた。

昼前に三宮へ戻り、食事をすることにした。

せっかく神戸に来たけれど、どんな店に入ったらいいのかわからない。こんな時、マクドナルドの存在はありがたい。マック行こっか、と言うと、関西ではマックのこと『マクド』って言うらしい、と安西くんが教えてくれた。『マック』という愛称が全国共通だと思い込んでいたから、その省略の仕方にはインパクトを感じた。

注文カウンターで財布を出そうとしている私を思いっきり無視して、さっさと二人分を支払った安西くんは、商品を載せたトレイを片手で持ち上げ、窓際のテーブル席へ向かった。まるで通いなれた地元の店にいるみたいだ。安西くんはあっというまにハンバーガーとポテトを平らげて、Lサイズのコーラを一気に飲み干した。私も慌ててハンバーガーを齧り、熱すぎるコーンポタージュをすすった。

空腹を満たした私たちは、来た時と同じように阪神電車で、今度は大阪梅田へ向かうことにした。

地下にある駅のホームで電車を待ちながら、駅表示を見ていた私の目が、その文字の上でとまった。甲子園、というその三文字だけが、まるで浮き出て見えた。私は、壁によりかかっている安西くんの腕を引っ張った。財宝の在り処が記された地図でも見つけたかのように昂奮しながら。

「甲子園へ行ってみない？」

見上げた横顔が、強張っていくのがわかった。唇をかすかに震わせ、彼は首を振った。

「行かない」

「どうして？　甲子園だよ、行きたかったんでしょう？」

返事をするかわりに、彼は溜息をついた。

「すぐ近くにあるんだよ。見たくないの？　本物の甲子園」

気まずい沈黙のあと、壁に背中をあずけていた彼が、足元に視線を落としたまま呟いた。

「野球で行かなきゃ、意味がないだろ……」

仄暗い地下のホーム、二人がいるその場所だけが、凍りついたように冷たくなってしまった。周りの雑音や構内に反響する音のすべてが、現実感を失くして遠のいていった。

ホームに入ってきた電車は、どこか無機質な物体にしか見えず、空いている座席に並んで座っても、白々しい空気を感じるだけだった。神戸へ向かう時には、電車の窓という窓に映る何もかもが眩しく見えたのに、今は目の前を流れていく景色のすべてがよそよそしい。黙り込んでいる安西くんは、一人でどこか別の場所に入り込んでしまったみたいだった。

御影、芦屋、西宮と通り過ぎ、甲子園に着く手前でもう一度だけ訊いてみた。本当に行かなくていいの？　甲子園……。

しつこいな……。横を向いた彼は、窓の向こうに迫ってきた甲子園を見ようともしない。冷ややかな横顔は、別人のようだった。

目の端に映った甲子園が、あっというまに視界から消えていき、見知らぬ街の景色が色もなく流れていった。

7　野球の神様

試合はその後も0対0のまま、緊迫した投手戦が続いた。六回の表が終わってもセトショウは先制することができず、両チームともに一点が遠かった。

満塁のチャンスを迎えても、あと一本が出なければ三者残塁。いくつもの見せ場をつくったけれど、最後の最後で決定打が出ない。あの時のあのプレーと、今回のこのプレー、ふたつを足して一点いただけないものだろうかと、観ているほうも歯痒いばかりだ。それでもスコアボードには、何事もなかったように平然と、『0』の数字が並んでゆくのだった。

いろんなことが起こるが、決定的な何かが起こらない。緊張感に包まれながらも均衡が保たれる状況が続くと、このまま運命を決定づける何かが起こらないまま、永遠に試合が続けばいいのにという気がしてくる。そうしてずっとこの試合を見守るだけの人生で終わってもいいくらいに、ただいつまでも野球を観ていたかった。

「取れる時に取っとかな、アカン。次がある、先がある、未来があるゆうて、ポジティブシンキングかなんか知らんけども、決める時にきっちり決めとかな、何ひとつ決められへん。あとで後悔するだけ、タラレバのオンパレードや。婚期と一緒や、なあ、姉ちゃん。焦れば焦るほど、後手後手になる。そんなもんや」

どうして野球の話から結婚の話になるの、と言いたいところだが、じつは自分でも同じようなことを考えていたのだから驚いてしまった。この人はこう見えて、人の心の中を読みとれる能力が具《そな》わっているのかもしれなかった。

「まあ、そうできればいいですけど。なかなか思うようにいかないのが現実というもので」

「そらそうや。野球も人生も、ままならん」

六回の表が終わり、選手たちがベンチに戻ってきた。

監督の話に聞き入っている彼らの真剣な眼差しや、体温、汗の匂いまでもが、手を伸ばせば届きそうなところに迫っていた。

陽射しはさらにきつくなり、目を開けているのもつらくなるほどで、意識が朦朧としてくる。

「姉ちゃん、水飲むか？　脱水症状になってまうで」

「大丈夫、水は飲まない」

そうすることで、真夏の炎天下で一滴の水も飲まずに苦しい練習をしていたあの頃の安西くんの感覚に少しでも近づけるような気がしていた。

「そうか」

おっちゃんはボストンバッグの中に隠し持っていたクーラーボックスから五〇〇ミリリットル入りのペットボトルを取り出したが、またすぐにそれをしまった。

「ほな根性くらべや。勝負や、姉ちゃん！」

いえいえ、そんな勝負をするつもりはございません。

マウンドでは、セトショウのエース佐倉くんが、キャッチャーを相手に投球練習を繰り返していた。

三塁アルプス、セトショウ応援団のブラスバンドは、彼の応援歌である『タッチ』の演奏を始めた。打席に入る時はもちろん、マウンドに上がる時にもこの曲が演奏されている。今日、この甲子園で『タッチ』を聴くのは、もう何回目だろうか。ドン、ドン、と規則正しく刻まれる大太鼓のリズムと金管楽器の旋律を耳にしていると、自然と口ずさんでしまう……。

♪呼吸を止めて一秒　あなた真剣な目をしたから
そこから何も聞けなくなるの　星屑ロンリネス
……　お・ね・が・い　タッチ　タッチ　ここにタッチ
あなたから　タッチ　手をのばしてうけとってよ

ため息の花だけ束ねたブーケ♪

全部歌えてしまうのはなぜだろう？

♪お・ね・が・い　タッチ　タッチ　ここにタッチ　あなたから……

あの日、安西くんが歌っていた。

三宮から元町へと続く高架下、シャッターが下りた店舗が並ぶ細い商店街を歩きながら、彼は『タッチ』を口ずさんでいた。あの頃は自分でも気づいていなかったけれど、私はたぶん、嫉妬していたのだ。少女たちを夢中にさせて、安西くんのすべてを虜にしてしまった、野球というものに。

彼が歌う『タッチ』を聞こえないふりをして歩いていた。彼の少し後ろを、その手に触れたいと思いながら。タッチ、タッチ、と歌っている彼が、私と同じ気持ちだったかどうかはわからないけれど。

アルプスのブラスバンドが演奏している応援歌は、一九八〇年代のヒット曲が中心となっていた。ザ・ブルーハーツの『トレイン・トレイン』や爆風スランプの『ランナー』、X JAPANの『紅』、光GENJIの『パラダイス銀河』など、懐かしい曲が次々に演奏される。

中にはピンク・レディーの『サウスポー』や山本リンダの『狙いうち』など、大昔の歌謡曲もあったが、今の高校生にしてみれば八〇年代も七〇年代も大した違いはないのだろうし、どれもみな伝統的に受け継がれてきた応援歌なのだろう。とにかくここでは不思議な時間が流れている。

学ランではなく、スクールカラーの青いTシャツで揃えた応援部は、じつに爽やかな印象だ。当時の応援部といえば真夏でも学ラン、髪はリーゼント、それがポリシーだった。硬派に押忍、今ではまさに時代おくれ。何よりチアリーダーたちの活躍が眩しくてたまらない。女子禁制の歴史をもっていたセトショウ応援部も、今では彼女たちの存在でスタンドが華やいでいる。歩美や典子はなんと言うだろうか。応援部に入部したいと言い張り、部室の前で座り込みまでした彼女たちがこの光景を見たら、いったいどう思うだろう。

もしもあの夏、セトショウが甲子園に出場していたなら、今目の前にいる彼らのように、私たちも声を嗄らして力の限りに応援したのだろうか。なんだか私たちは、ものすごく歳をとってしまったみたいだ。

「姉ちゃん、ちょっとええか?」

おっちゃんに声をかけられ、意識が現実に呼び戻された。

暢気に『タッチ』を口ずさみ、懐かしく過去を振り返っているあいだにも、試合は進んでいた。目はたしかにピッチャーとバッターの動きを追っているのだが、気づけば物思いに耽っている。

「佐倉の様子、おかしないか？」

ゆっくりと下唇を舐めながらマウンドを見つめるおっちゃんの視線が、セトショウエースの微妙な変化を捉えたようだった。

スコアボードにはアウトカウントを示す赤いランプがふたつ点灯し、グラウンド上のベースにランナーの姿はない。ほっと胸を撫で下ろしたが、マウンドのピッチャーを見ているうちに、不安がよぎった。

顔じゅうから異常な量の汗を流し、キャップのつばからとめどもない雫が落ちていた。半袖のシャツから伸びる両腕にも汗が光る。硬く思いつめた表情をしたエースがそこにいた。

――試合は六回の裏、両者無得点のまま、ツーアウト、ランナーなしという場面です。カウントを悪くしながらもバッター二人を打ちとってツーアウトまでもってきました、セトショウバッテリー。三人目のバッターは打順一番に戻って、聖友館の野村。ボール球がふたつ先行して、カウント、ノーストライク・ツーボールから、ピッチャー振りかぶって、投げました！――

バットが大きく回った。

――ど真ん中に決まって、ストライーク！　カウント、ワンストライク・ツーボール！――

「危ない球やったぁ」

同じように前のめりになっていたおっちゃんと私は、同時に脱力した。

左打席の少年は、右手に持ったバットを振り子のようにゆっくりと前後に振りながら、左手でそっとヘルメットのつばに触れた。願掛けするように呼吸を整えて、ゆっくりとバットを構える。

――カウント、ワンストライク・ツーボールから、ピッチャー佐倉が振りかぶって、第四球を……投げました！　ファール！　鋭い打球は左へ切れて、ファール！

これでカウント、ツーツー！――

「うぎゃあああーっ‼」

またまた、おっちゃんと私は同時に両手で頭をかかえて仰け反った。

〈ファールボールに、ご注意ください〉

うぐいす嬢が落ちつきはらった声で間髪を入れずに注意を促す。

――地元では富山のイチローと呼ばれ、チーム打率トップのバッター野村。走攻守、三拍子そろった一番バッターを打席に迎えています。大量の汗を流しながらの投球、ピッチャー佐倉、踏ん張れるか。振りかぶって……第五球、投げました！――

踵を地面につけたり浮かせたりしながらリズムをとっていたバッターの動きが止まる。同時にキャッチャーのミットが重たい音をたてた。まっすぐに腕を伸ばして捕球したまま、キャッチャーはぴくりとも動かない。バッターも、キャッチャーも、投球動作を終えて右のつま先が地面に下りたばかりのピッチャーも、そして主審も、動かない。

――わ……わ、わずかに外れてボールの判定！　一球外れてカウント、ツーストライク・スリーボール。次の一球が、ひっじょーに大事な場面となりました！――息を止めて主審の判定を待っていたおっちゃんと私は、同じタイミングで長い息を吐き出した。ふううううーっ。

おっちゃんは両手で思いきり髪を掻き回し、私は空を見上げて目を瞑った。カウント、ツーストライク・スリーボール。このギリギリ感は、何かに似ていた。野球をしたことはないが、このイッパイイッパイのギリギリ感は、何度も体験したことがあるような気がした。

次の一球しだいで運命が大きく変わってしまうという緊張感。そこで気持ちが萎えた途端に転落するような、そんな危うい場面をまたも迎えてしまった。野球にも人生にも、ツー・スリーは何度でもやってくる。

組みあわせた両手の向こうで、マウンドの佐倉くんが第六球目を投げた。

「アカン！　すっぽ抜けや！」おっちゃんが掌でおでこを叩いた。

キャッチャーが大きく垂直に跳び上がってなんとか捕球し、バットを放り出したランナーが一塁へ向かって走りだした。

――フォアボールでランナー出塁！　セイユー野村は一塁へ進みます。ツーアウトランナー一塁という局面に変わりました。そして打席には、二番の三好が入ります。セトショウのエース佐倉、苦しいピッチングが続きます！――

「野球はツーアウトからや、慎重にいくんやで」念じるように、おっちゃんが呟く。

ピッチャーは腰のあたりでボールを構えたまま、とり憑かれたように足元の一点を見つめ、その背後でランナーがジリジリとリードを広げる。ようやく視線を上げたピッチャーが左の腿を高々と上げ、バネのように上半身をしならせて右腕を振り下ろした。と同時に、一塁ランナーが敢然とダッシュを決めた。

バッターが見送った球を、すぐさまキャッチャーがセカンドへ送球した。白い砂塵を巻き上げて、ランナーがつま先から滑り込む。

審判が、両腕をクロスさせた状態から大きくひらいた。

――盗塁成功！　ツーアウトランナー二塁！　セイユー野村が盗塁を決めて得点圏に進みました！　六回の裏、聖友館がツーアウトからチャンスをつくっています！

――

真っ赤に埋め尽くされた一塁アルプスが揺れていた。歓喜の声が沸き上がり、場内の空気を赤く染めてゆくようにエネルギーを吐き出している。

「動揺したらアカン！　自分のリズムで投げるんや！　気持ちで負けたら終《しま》いやで！」

おっちゃんの声が遠くなり、ピッチャーマウンドが遠のいて見えた。

野球は一人でするものではないというが、今、マウンドに立つピッチャーの孤独は、救いようがなかった。世界の中心のようなピッチャーマウンドに立ち、人々の視線を釘づけにする華やかさと引き替えに、誰からも理解されることのない深い孤独の中にいた。ピッチャーとはそういう宿命を背負っているのかもしれなかった。

ツーアウトからあとひとつのアウトカウント、ツーストライクからあと一球のストライクをとることが、気が遠くなるほど果てしない。

それでもエースは自分からマウンドを降りるわけにはいかない。鋭い眼光はそのままで、意を決したように佐倉くんは息を吐いた。

――駿足のランナー野村をセカンドベースにおいて、バッターは、二番ショートの三好です。ツーアウトランナーなしという場面からチャンスをつくった聖友館！　セトショウのエース、佐倉、踏ん張れるか！　ピッチャー、第二球、投げました！

――

振り抜いたバットが乾いた音を打ち鳴らし、バッターとセカンドランナーが走りだす。

――打ったあああ！　一、二塁間を抜けたあ！　ライトが全速力で突っ込んでくる！――

ライトといえば、そう、ハマちゃんだ！

「ハマちゃん！　お願いっ！」

「させ！　させ！」

私とおっちゃんの悲鳴が、彼に届くか！

勢いよく転がったボールは、ハマちゃんが差し出したグラブを拒絶するように、突如大きく跳ね上がり、後ろへ逸れていった。場内がどよめき、スタンドが揺れた。

――おおおっと、イレギュラーの間にランナー野村、ホームイーンッ！　聖友館が一点先制！――

ホームに滑り込んできたランナーは、喜びを爆発させるように拳を突き上げ、二度三度とジャンプした。歓喜の輪が瞬く間に甲子園球場全体に広がっていった。一塁アルプスからは大絶叫が聞こえ、そこかしこから歓声が上がった。先制のホームを踏んだ選手を、ベンチで控えていた仲間たちがはちきれんばかりの笑顔で迎えていた。

ついに、均衡が破られてしまった。

ピッチャーマウンドでは、頬の汗をユニフォームの肩口で拭いながら、蒼ざめた顔のエースが立ち尽くしていた。

甲子園へ行く前の夜、新入社員の大籔《おおやぶ》くんと一緒に、行きつけの立ち呑み処『源力《げんりき》屋《や》』へ行った。

クライアントから派遣スタッフに対するクレームがあり、それに対処しようとした大籔くんが話を余計にこじらせて、担当者の怒りをさらに増幅させてしまった事態を収拾するため、私は派遣会社の営業マネージャーとして、部下である彼に同行した。その帰りのことだった。

頑として契約打ち切りを言い張る先方と一時間以上かけて話しあった末、なんとか無事に話をまとめることができた。深々と頭を下げて先方を出た私たちは、ほぼ同時に長い息を吐き出した。精も魂も尽き果てて、身体の中身が空っぽになったようだった。ビール飲みたい、こんな日は早ようビール飲みたい、隣で大籔くんがぼやきはじめた。

「ねえさん、行きつけの立ち呑み連れていってくださいよう。ちょっとガソリン入れましょうよ」

そう泣きつかれると、たまにはいいか、という気になった。彼の言うとおり、早急に燃料を補給しなければ、このまま二人とも行き倒れになってしまいそうだ。

事務所には直帰すると連絡を入れ、そのまま二人で立ち呑み屋へ直行した。

源力屋は、住んでいるマンションから歩いて五分というところにある。ある、というよりも、やってくると言ったほうがいいかもしれない。三叉路に面した銀行前の広場に、夕方になるとどこからともなく軽トラックがやってくる。

幌つきの荷台が厨房となり、取っ手をくるくる回すとテント屋根が出現し、その下に小さなカウンターが登場する。おでんや串揚げ、ちょっとした一品料理が安い値段で食べられるし、味もなかなかのものだ。基本的には立ち呑みスタイルだが、積み上げた丸椅子が十個ほど用意されているから、座り込んで長居をする客もいた。週に二日か三日はここで食事をすませてからマンションに帰るのが、生活のパターンになっている。

「姉ちゃん、今日はえらい若い男の子連れてるやないか」

カウンターの向こうにあるその笑顔を見ると、いつもほっとする。

「紹介します。こちらは同じ会社で働いている大籔くん、この春の新入社員。そしてこちらは源さん。源さんのおでんと串カツ、本当においしいのよ」

カウンターを挟み、源さんと大籔くんは短い挨拶を交わした。開店準備が整ったばかりの店に、客は私たちだけで、まだ常連さんの姿はなかった。

「まずは生ビールと鮪ホホ肉の炙り。それから串盛り、おでん盛り、とりあえず」

　空はまだ明るくて、生ぬるい風が吹くと、夏の匂いがした。なんだか懐かしいと思ったら、潮の香りが混ざっている。胸に深く吸い込むと、夏休みの夕方の空気を思いだした。

　乾杯！　白い泡が溢れそうになったジョッキをカチリとあわせ、喉を鳴らして飲んだ。

「ふうー。仕事のあとのビールは旨いっすねえ、とくに今日みたいなキツい仕事のあとは」

　大籔くんは、鼻の下をビールの泡で白くして、仕事上のすったもんだなどもう忘れたように、あどけない笑顔を見せた。

「ほんと、夏はビールに限る！　ていうか、そのキツい仕事につきあわされるこっちの身にもなってもらいたいわ」

　冷たいビールを喉に流しながら横目で彼を睨んだが、大籔くんはぐびぐび生ビールを飲み干して、おかわり！　と元気よくジョッキを持ち上げた。

「ねえさん、これからも頼りにしてます。いや、それにしてもいい店じゃないですか。じつは今日ここへ来たのは、業務命令でもありますけど、ホンマ、来てよかった！」

「業務命令？　どういうこと？」

「ねえさんのプライベートを探れ！　僕に下されたミッションですわ。一人で飲んで二日酔いって、いったいどんな店に入り浸ってるねんって。所長も係長もみんな心配してはるんですよ、ああ見えて」

「何それ」

「ねえさんの、身辺調査」

　大籔くんは二杯目の生ビールをぐいぐい飲み、無料の生キャベツを二度漬け禁止の串カツ用ソースに浸してむしゃむしゃ食べた。

「係長お得意の中華バイキングとか、所長からミスタードーナツの差し入れとか、あるでしょ。じつはあれ、ねえさんを太らそう思うてやらはってるんですわ。係長、言うてましたもん。最初に東京からこっちへ来た時、ねえさん、ガリガリやったって。ほんで昼飯いうたら、弁当は食べへんし、ランチに出ていくわけでもなく、机の引き出しからようさんサプリメント出してきて、それ食べんねんで、って驚いてましたわ。これでは彼氏の一人もでけへんいうて、そこで考えたのが『ねえさんポンポコリン大作戦！』ですわ。まあまあ成果上がってるみたいですけどね」

　所長や係長のとぼけた表情が思い浮かんだ。そんなふうに思われていたなんて、全然知らなかった。

　梅田のホテル内にある中華レストランのバイキングで、たくさん食べたほうが奢ってもらえるという、おかしなルールを提案したのは係長だった。自分でルールを作っておきながら、係長は勝ったためしがない。

阪神タイガースが勝利した翌日には、三時のおやつと称して、所長からミスタードーナツの差し入れが届く。ダイエットを妨害された私は、大阪で暮らすようになってから、体重が五キロも増加していた。

網の上に鮪の切り身を山盛りに載せて、坊主頭にねじりハチマキの源さんがガスバーナーで豪快に炙り始めた。真っ赤な炎が噴き上がると、通行人も歓声を上げた。料理の腕はもちろん、パフォーマンスで場を盛り上げる。炙った鮪に刻んだ青葱が大量に盛られ、にんにくのスライスとポン酢をかけた一品、源力屋の定番メニューが完成した。

「うわっ、旨そう。いただきまーす」大籔くんは丸い目をさらに大きく見開いた。

「こんな旨いもんが食べられるとは驚きです。僕、めっちゃ、源さんのファンになりそうです！」

「若いんやから、ようさん食べたらええ。今日は、姉さんの奢りや」

「もう、源さんったら！」

私は眉をひそめたが、若者らしい旺盛な食べっぷりを見ているのは楽しかった。

カウンターの上には揚げたての串盛りと、熱々のおでん盛りも並んだ。

「源さん、最高ッスね！」

子供みたいにはしゃいでいる大籔くんを、源さんは嬉しそうに見ていた。

もともと源さんは鮨を握っていた人だ。長い修行を積んで神戸に店を出し、すべてが順調だったある日、震災が神戸の街を襲った。

――震災で、何もかもが、変わってしもた。――

いつかそう呟いた源さんの言葉が、私の中に小さな棘のように引っかかっていた。多くを語らない源さんが漏らした一言、その裏に隠されたものを想像するたび、胸がしめつけられた。言葉を失くして生まれる沈黙の中に、耳を塞ぎたくなるような悲鳴が聞こえるのだった。

源さんを見ると、震災を思いだす。それはいつもひっそりと影のように寄り添っている。目を細めて笑う源さんの背後にその影を見る時、私は決まって安西くんの存在を想うのだった。いつかの同窓会で、彼が大阪の本社に転勤したと聞いた。彼のその後の消息が、心のどこかでずっと気になっている。

「ところで、ねえさんって、出身どこでしたっけ？」

「香川県」

「カガワケン？」

「知ってる？」

「知ってますよ」

大籔くんは自慢げに親指を立てた。

どうも出身地を聞かれるのが苦手だ。香川県という場所について正しく理解していない人があまりに多く、そんな時は補助的な説明が必要となる。香川、徳島、愛媛、高知の四つの県から成り立っている四国の、どこに何県があるのか、その位置関係が人々の頭の中では曖昧に記憶されていることが多い。

「香川県いうたら、讃岐うどんでしょ？　僕、食べに行きましたよ。バス乗って」

「わざわざバスに乗ってうどんを食べに行くなんて信じられない」

「なんでですか、めっちゃおいしいですやん。僕、感動しましたよ。釜玉とか、ぶっかけとか、人の畑でネギ切ったり、客が勝手に好きなだけ大根おろしたりとか、めっちゃおもろかったですわ」

「ふーん。カマタマとかぶっかけとか、食べたことないし、畑でネギ切ったり、好きなだけ大根おろしたりしたこともないけど」

「マジですか？　そんな人って、いてるんですね。びっくりですわ」

うどんブームなるものが巷を賑わせていることは知っていた。全国各地から訪れた観光客が大型バスに乗って香川県内のうどん屋めぐりをするという。

振り返ってみれば、うどんは飽きるほど食べても、ちっとも飽きることがなかった。

休日には朝食としてモーニングうどん、半ドンとなる土曜日のお昼ごはん、三時のおやつ、夕方の小腹が空いた時、手抜き料理の夕ごはん、受験の時には夜食の定番でもあった。

店にうどんを食べに行くことはほとんどなくて、たいていは裏のばあちゃんち（本当は山根製麺所という名前があるのだが、近所の人たちはみんなそう呼んでいた）へ子供たちが遣いに出され、「ばあちゃん、玉四つ、ちょうだい」と言って小銭を差し出すと、うどん玉が入ったナイロン袋を握らせてくれる。それを家に持って帰って食べるのが常だった。買ってきたうどん玉を丼に入れ、母がいりこでとった温かい出汁《だし》をかけ、きざんだネギをのせるだけの素うどんを家族のみんなで食べる、そういうものだった。

うどんを食べるためだけに全国各地から人が集まってくる未来など、あの頃は想像もしなかった。高い交通費を払って香川にうどんを食べに行く人たちの気も知れないし、今日の前で、無邪気にビールを飲み、口のまわりにソースをつけて串カツを頬張っているこの青年の頭の中身もわからない。いったいこの頭の中で、どんな思考がめぐらされているのか、覗いてみたいものだ。

――彼女は悪くないでしょう？　悪いのはオタクでしょう！――

隣にいた私は、その場で卒倒しそうだった。

クライアントの人事部長に向かって、そんな言葉で派遣スタッフを庇うなど、信じられなかった。たしかに人事部長は横柄で、無理難題をおしつけては業者を泣かせ、派遣スタッフからの評判も悪いのだが、業者への発注権を一手に握っている重要人物に対して本音をぶちまけるとは、大した根性だ。

「それはそうとねえさん、明日、甲子園に行くとか言うてませんでした？」

「あ、そう、というか……まだ考え中」

「母校でも出はるんですか？」

「そうなんだけど、どうしようかと思って。この暑さだし、それほど野球に興味があるわけじゃないから」

「母校が出るんやったら、絶対行くべきですよ。常連校やったらまだしも、何十年ぶりとかいうんやったら、もう次がいつかわからないですからね。もう死んでるかもしれまへん」

「ちょっと、そんなオバサン扱いしないでよね」

「いやいや、ほんま冗談抜きで、マジマジ」

「……考えてみたら、それもそうね」

彼の言うとおりだ。明日の試合は、二十一年ぶりの甲子園出場なのだから、次がいつになるかわかったものではない。

「ひとつ聞いてもいいですか?」大籔くんがこちらに向き直る。「ねえさん、彼氏とか、いはるんですか?」

「いると思う?」

「いや、そんなオーラは皆無です……あ、やっぱ図星ですね。まあ、ええやないですか。ねえさんは、僕らの永遠のマドンナってことで」

「永遠? 永遠にこのままでいられるわけないでしょう? うちの営業所、今年度で閉鎖って噂もあるのよ」

「ちょっともう……」人差し指をメトロノームみたいにチッチッと動かして、大籔くんは顔を顰めた。「ほんまねえさん、生真面目やから、困りますって。そん時はそん時ですわ。いいですか、先のことなんて、誰にもわかりません。楽しくいきましょうよ」

子供扱いしていた部下から、たしなめられてしまった。

「それもそうね。大籔くんとこうして飲んでると、本当に何もかも、どうでもいいような気がしてくるわね」

「ほな、ねえさん、僕と結婚しませんか? けっこう、僕、いい物件やと思いますよ」

「それはパスかな」

「よかった、ねえさん冗談通じる人で。本気にされたらどないしよ思いました」

なんちゅう冗談やねん！　心の中でツッコミを入れながら、苦笑いする。

「あ、たこ焼き！」

大籔くんが指さしたほうを見ると、源力屋と似たような軽トラックがやってきて、店を出し始めた。

「やっぱ最後のシメはたこ焼きでしょう。僕、買うてきます」

「まだ準備中よ、もう少し待ちなさい」

はーい。大籔くんは聞き分けのよい子供みたいな返事をした。

「ねえ、大籔くんの家には、たこ焼き器ってあるの？」

「そら、ありますよ。えっ？　ねえさんとこ、ないんですか？」

「だって、一人暮らしよ、私」

「人数なんて関係ありまへん。なんしか、一家に一台たこ焼き器、これ、常識」

「噂には聞いてたけど、本当なんだ！」

「当たりまえだのクラッカー、ほな、僕、買うてきますわ」

大籔くんはスキップしながら、たこ焼きを買いに行った。

おばちゃーん、たこ焼きちょーだーい。ネギのせできるう？

青白い月が浮かび、うっすらと夜の色になりつつある街に、彼の明るい声が響いた。

六回の裏、ついに均衡が破られて、0ではない数字がスコアボードに記された。

ツーアウトからフォアボールでランナーを一人だし、さらに盗塁を決められ、ついにはイレギュラーという悲劇的な形で一点を先制されたセトショウバッテリーは、そこから踏ん張りを見せて次の打者をショートフライに打ちとり、最少一失点で切り抜けた。

先制点は許してしまったが、あと三回のイニングが残されているし、一点差くらいなんとかなる。信じたい気持ちを打ち砕くように、セトショウは七回表の攻撃も無得点に終わった。

今度こそ、今度こそ、今度こそ——。

次の打者に希望を託しながら、あっというまに赤い光が三つ灯り、充分な休息もとれないまま、エース佐倉くんがピッチャーマウンドへ上がった。

——気持ちで負けたら終《しま》い——

おっちゃんが口癖のように繰り返す言葉は、私自身に向けられた言葉のようでもあった。応援する側も強く勝利を信じなければ、悪い流れを引き寄せる一端となるような気がした。

　私にできるのは勝利を信じてひたすら応援することだけだ。せめてそれを全うするしかない。でなければ、甲子園に来た意味がない。ゲームセットの時まで、勝利を信じ続けよう。そう思っているのに、悪い流れに傾くたびに心が萎えてしまう。そして、一点が取れない焦りとともに、また別の焦りも湧いてくる。

　その気持ちにはずっと蓋をしていたけれど、試合も後半となり、現実と向きあう時が近づいていた。やはり彼にはもう二度と、逢えないのかもしれなかった。

「姉ちゃん、どないしたん？　顔色がようない、気分が悪なったんか？　おっちゃんに言うてみ。胃薬、消毒液、絆創膏《ばんそうこう》、新聞が三紙、激うま食べ歩きグルメガイド、精力剤、いろいろ持ってるから、役に立つかもしれへん」

「……」

「どんなことでもええから、言うだけ言うてみぃ。人類みな兄弟や、姉ちゃんの力になるさかい」

「じつは……」私はいったい何を言うつもりなんだろう。「今日、甲子園に来たのは、ある人に逢いたくて、もしかしたら逢えるかもしれないと思って、それでここへ……」

　出逢ったばかりの見知らぬ男に、いったい何を打ち明けようというのだ。そう思っているのに、言葉がひとりでに零れていく。

「ずっと逢いたかった人が、今日甲子園に来ていると思う。でも、来ていないのかもしれない。わからない、どうしたらいいのか……」

おっちゃんに告白したところで、どうなるわけでもないのに、いったい私は何をしたいのだろう。

「その人もセトショウの応援に来てるのんか?」

「たぶん……」

「ほな三塁側のアルプスにいてるんとちゃうか? 一緒に探したるさかい、今からでもあっちへ行ってみるか?」

私は力なく首を振った。

「試合もちゃんと観たい。後輩たちが頑張っているのをこの眼で見届けたい。それに……」

「それに? それに、どないしたん?」

「それに……、野球の神様に、まだ逢ってない……」

見上げた空は表情を変えることなく、どこまでも青く澄み渡っていた。その下でどんなことが起ころうが知らん顔で、白く光る雲を浮かべている。あの空の向こう側に隠れている神様が降りてくる、その時がいつかくる。

「ほな、こうしよ！」閃いた、というふうに、おっちゃんが指を鳴らした。

「試合が終わった直後に場内アナウンスすんねん！　おっちゃん、うぐいすのおばはんに言うてくるさかい、その人の名前、教えてくれるか？」

満面の笑みを浮かべ、おっちゃんは自信たっぷりに言った。

「な、おっちゃん、ええこと考えるやろ？　おっちゃん、頭ええな」

この人ならやりかねない。体を張って食堂のおばちゃんにカツを揚げさせたように、うぐいす嬢からマイクを奪ってでも場内アナウンスをしてみせるだろう。

「そ、そ、そんな大胆なことできない。ご、ごめん、おっちゃん、なんでもないねん、気にしないで」

どさくさに紛れて関西弁を使う私は、明らかにうろたえていた。

「ほうか？　ナイスアイデアやと思ったけどな、アカンか？」

自信たっぷりの名案を却下されたおっちゃんは、しきりに首をひねっていた。

たしかにそれは、ナイスアイデアだった。

ここ甲子園球場は来場者に対してじつに親切で、緊迫した試合の途中でも、攻守の入れ替わりのタイミングを見計らっては、迷子のお知らせだの、お連れ様が◯◯まんじゅうの看板の下でお待ちですだの、◯◯学校の◯◯先生は至急お席にお戻りくださいといった類いの放送が流れるのだった。うぐいす嬢は、野球とはまるで関係のないアナウンスにまで、自慢の喉を披露していた。内容によっては思わず失笑し、次はいったいどんなお知らせがあるのだろうと、ひそかに楽しみにしながら場内放送に耳を傾けていた。

おっちゃんのナイスアイデアも、きっと採用してもらえたはずだった。

試合終了後、甲子園球場に彼の名前が響き渡る。瀬戸内商業高校卒業生の安西俊紀さん、同級生の青田里咲さんが探しています……。

彼はそのアナウンスを甲子園球場のどこで聞くのだろうか。

三塁側のアルプススタンドで、地元の応援団に交じって声を嗄らしていたのかもしれない。それとも彼らしく、ネット裏のグリーンシートで大勢の見知らぬ人たちに紛れて、人知れずエールを送っていたのかもしれない。帰り際にスタンド裏の食堂に立ち寄った時、あるいは売店で記念の品を選んでいる時かもしれない。甲子園球場のどこかにいる彼が、思いがけず自分の名を耳にする。

アナウンスを聞いた彼は、私を見つけてくれるだろうか。きっと私はいつまでも待ち続ける。すべての試合が終わって夜になり、誰もいなくなった球場で、彼が現れるまで、一人グラウンドを眺めて待っている。

おっちゃんの提案を却下しておきながら、そんな場面を想像している自分がいた。

「姉ちゃん、ほんまにそれでええのんか？」

「いいの、いいの。なんとなく逢えたらいいなあって、思ってただけだから。本当に逢えるわけないわ、これだけの人がいるんだもの」

　見渡す限り、人で埋め尽くされたスタンド。四万人の大観衆がひしめきあいながら野球を観戦している景色は、何度見ても夢のようで、途方に暮れる。

「どうせ、逢えない運命なんだわ、きっと……」

　そのあとにおとずれた沈黙に潜む気配を、私はいつか経験したことがあると思った。たとえばそれは父親が雷を落とす前の、一瞬の静寂のような、そんな刹那だった。

「どうせってなんや？　逢われへんって、なんでそない簡単に決めつけんねん」

　微かな驚きとともに、私はその人を見た。

「逢いたい人が、すぐそこにいてるかもしれへんのやったら、なんでその手を伸ばさへんのや。一度掴んだら、その手を離すんやない。伝えたいことがあるんやったら、伝えられるうちにその人に直接伝えなアカン。もう二度と、ほんまに逢われへんようになることもある。そんなことのほうが、世の中多いねんから、な、姉ちゃん」

　たまたま隣に座っただけの他人に対して、どうしてこんなにも一生懸命になれるのか戸惑いを覚えながらも、私はその言葉に吸い寄せられた。

「なんでもありの世の中や。耐震偽装したマンションがいきなり倒壊して、その下敷きになってまうかもしれん。ある朝目が覚めたら、聞いたこともないような難病に罹ってることもあるやろう。空から大量のおたまじゃくしが降ってきたり、ミサイルが落ちてくることもあるやろう。温暖化が急激に進んで、一夜にして世界のすべてが水に沈んでしまうことも絶対にないとは言いきれん。どこのどいつか全然知らんもんに、ある日いきなり銃で撃たれて血を流したとしても不思議やない。いつまた大地震が起きるとも限らんし、何が起こってもちっともおかしない世の中や。なあ、姉ちゃん。悪いことは言わん。やりたいことがあるんやったら、やれる時にやっとき！」

おっちゃんの言うとおりかもしれなかった。

人間なんていつどんな目に遭って死んでしまうかわからない。死ぬ気になればなんだってできる。他人から笑われるような独りよがりな恋だとしても、たとえ彼に逢えなかったとしても、いるかどうかわからないこの甲子園で、うぐいす嬢のマイクを奪ってでも、想いを伝えることができたなら、この場所でそれが叶うなら、本望だ。

「な、姉ちゃん。今しかできひんことがあるんやったら、やらなアカン。あきらめたらアカン。やれるだけのことをやらんと、あとで後悔してしまう。そんな人生でええのんか？」

「ええのんかって……、でも……」

そこまで言われたら、そうかもしれない、と心が動いたその時、眉根を寄せて渋い表情をしていた顔をひょっとこみたいに変形させて、おっちゃんが叫んだ。

「ちょっと待った！」

覚悟を決めようとした私を制し、素早い動作で屈み込んだと思ったら、ボストンバッグの中を掻き回し始めた。

「姉ちゃん、大変や！」

おっちゃんはバッグから取り出したオペラグラスを覗き込み、勢いよく立ち上がった。

「塁にランナーがたまってるやないか！」

「いつのまに⁉」

オペラグラスを覗き込むまでもなく、目の前には大ピンチが広がっていた。

電光掲示板にアウトカウントを示す赤い光はひとつも灯っていない。七回の裏、ノーアウト満塁という大ピンチに絶句した。

球場の雰囲気が騒々しいとは感じていたが、それ以上に熱く語るおっちゃんに気をとられてグラウンドを見ていなかった。二人して昂奮状態に陥っているあいだに、なんということだ。ほんのわずかな時間で、こんなにも急展開してしまうとは。少し目を離した隙にノーアウト満塁、打順四、五、六番と三者連続で出塁している。

「姉ちゃんが目に涙ためて相談がある言うから、おっちゃんびっくりして野球のこと忘れてたわ。えらいこっちゃ、ピンチや！　大ピンチや！」

黄色いメガホンを手に、おっちゃんが立ち上がった。

「フレー、フレー、セ・ト・ショウ！」

バックネットに身体を張りつけ、おっちゃんは叫んだ。

「ええか、佐倉っ！　つらい時こそ、逃げたらアカン！　逃げたらやられる！　苦しい時こそ自分を見失ったらアカンのや！　仲間を信じて投げるしかないやないか、野球は一人でやってるんやない！　たとえお前が打たれても、仲間がどんな球でも捕ってくれるはずや！　お前は一人ぼっちで生きてるんとちゃう！　気持ちだけは、絶対に負けたらアカンのや！」

十八年前、最後の県大会で、安西くんもこんな過酷なピンチを幾度となく迎えたのかもしれなかった。絶体絶命の状況、逃げだしたくなるような場面で、彼は、どんなふうに闘ったのだろう。

打席で待ち構えているのは、セイユーのエース、花山投手だった。

——七回の裏、聖友館の攻撃は、ノーアウト満塁、大量得点のチャンスです。ここで一気にたたみかけたいセイユー、打席に立つのは打順七番、エースの花山です。ピッチャー佐倉はなんとかこのピンチを凌ぎたいところ。県大会から、この佐倉が一人でマウンドを守ってきました。疲労も溜まっていることでしょう、肘の負担も気がかりですが、ここはなんとしても踏ん張りたい。ピッチャー、セットポジションから、投げました！——

腰を低く落とした主審が機敏な動作でジャッジする。ストライークッ！　場内から拍手が起こる。初球がストライクに決まって安堵する暇もなく、エースは次のモーションに入った。歯を喰いしばり、渾身の力を込めて右腕を振り下ろす。

——ストライーク！　二球で追い込んだピッチャー佐倉！　おおおっと、なんとここで、スピードガンは一四一キロを記録しました！　負けられないエース対決、息がつまるような緊張感、ただならぬ空気に包まれた甲子園球場！——

ラジオのアナウンサーが絶叫し、場内からいちだんと大きな拍手が起こった。

「むきになるんやない！　力が入りすぎてる、慎重に、慎重にいくんやで！」

「そうよ、佐倉くん！　相手バッターを意識しすぎないで！　自分を信じて！」

ツーストライクに追い込んでも、まったく安心できないのが野球だ。ツーアウトから、ツーストライクから、野球はそこからが大変だということを今日一日で嫌というほど味わってきた。

嫌な予感は的中し、そのあと二球続けて際どい球がボール球と判定され、次の球をバッターはファールで繋いだ。

カウント、ツー・エンド・ツー。どうか次の球はストライクと判定されますように。バッターがその球を見逃してくれますように。私は祈った。

ピッチャーマウンドと、バッターボックス、対峙した二人の視線が火花を散らしていた。

——セトショウ、佐倉、今、気持ちを込めて……投げました！　……ううう、わ、ず、か、に外れて、判定はボール！　カウント、ツー・エンド・スリー！　エース対決、意地と意地とのぶつかりあいが続きます。見応えあるこの場面、痺れますっ！——

ツー・スリーは何度でもやってくる。しかも今度はノーアウト満塁という場面だった。フォアボールになった瞬間に一点を与えてしまうし、ストライクをとりにいって打たれてしまえば、一点ではすまされない。

右打席でバットを構える花山くんは、ピッチングと同様に背中を丸めて、無駄な力みのない飄々としたスタンスでボールが投げられる時を待っていた。

対照的に、マウンドのエースは見るからに疲労困憊しているように見えたが、本人に自覚はないようだ。鋭い目つきはそのままに、闘志を剝き出しにしている。打たれても、ピンチを背負っても、前を向いて投げ続けるピッチャーは、倒れても何度でも立ち上がる傷だらけのボクサーのようだ。

意を決したように、ひとつ胸で息を吐く。身体を大きく傾けながら、右腕を外側からしならせるように振り切った。バッターが大きく左脚を踏み込む。が、バットは出ない。

——高めに外れて、ボール！　フォアボールで押し出しぃっ！　聖友館に貴重な追加点が入りました、これで二対〇！　セイユーがじわりとリードを広げます！　なおもノーアウト満塁！　セトショウは苦しい場面が続きます。セイユーは大量得点のチャンスです！——

一塁アルプスから、爆発が起こったような大歓声が上がり、大太鼓が狂ったように連打された。

絶望的だった。このままフォアボールが続けば、延々と点を入れられてしまう。

「へこんだらアカン！　腐ったらアカン！　あきらめたらアカンのや！　気持ちで負けたら終《しま》いやでえ！」

ああ、どうか、その黄色いメガホンで、私の頬を思いきり叩いてほしい。

私は立ち上がり、おっちゃんに負けないくらい大きな声で叫んだ。

「切り替えやで！　気持ち、切り替えよ！　がんばれ、セトショウ！」

〈八番、レフト、山内《やまうち》、くん〉

場内のざわめきをよそに、うぐいす嬢が冷静かつ変わらぬトーンで選手を平等に紹介すると、一塁アルプスから大きな拍手と歓声が上がり、ブラスバンドの軽快な演奏が始まった。

――マウンドのピッチャー佐倉、両肩を上下に震わせ荒い息を吐いています。苦しそうな表情を見せています。歯を喰いしばり、今脚を高く上げて……第一球、投げました！――

初球は打ち上げられた。

ほぼ真上に上がったボールをキャッチャーがマスクを投げ捨てながら追いかけていったが、ボールはバックネットを越えて中央スタンドの柱に当たって落下した。グローブをはめた子供たちが無邪気な声を上げてボールを追いかける。ネット裏に消えたボールを悔しそうに見つめるキャッチャーの横顔が、切り取られた一枚の写真のように胸に焼きついた。

二球目、バットが派手な音を鳴らした。今度はファーストの選手が懸命に追いかけたが、一塁側のアルプス席に吸い込まれていった。敵方が陣取るアルプスに向かって全力で駆けていく選手の後ろ姿が、また視線の先で切り取られた。マウンドのピッチャーは孤独だが、やはり彼は一人で闘っているのではなかった。

〈ファールボールに、ご注意ください〉

ファールのたびにうぐいす嬢が注意を呼びかけ、スタッフが笛を吹いて危険を知らせた。

乾いた打球音が響くたびに気を揉みながらも、ツーストライク、ノーボールと追い込んだ。ここからがまた長い闘いになるであろうことは十分に予測できた。ピッチャー有利のカウントでバッターを追い込んでも、あっけなく大勢は逆転し、崖っぷちに追い込まれてしまう。どんな状況にも一喜一憂せず、覚悟を決めて一球ずつ見守っていくしかない。

三球目。投げ切る瞬間、体内に残っている力のすべてを振り絞るように全身を大きく弾ませ、佐倉くんの右腕がしなった。バッターの腰が軽く浮き上がり、バットが回る。

——空振りぃぃ！　三球三しいいいんっ！　キレのあるストレートがズバッと決まりました！　これぞエース！　気迫溢れる素晴らしいピッチングです！　打順八番の山内を三球三振にしとめて、ワンアウト満塁というこの場面。試合は佳境に入ります。セトショウのエース佐倉にとってはまだまだ厳しい状況、そしてチャンスはまだあるぞ、セイユーのバッターは、九番、サード、小池《こいけ》です——

左打席に入った華奢な少年が、バットをチェーンのように軽々と振り回し、ぴたりと静止させて低く構えた。ニヤリと白い歯を見せ、不敵な笑みを浮かべる。

覚悟を決めて一球ずつ見守っていくと決めたばかりなのに、相手の表情ひとつで、不安になってしまう。大丈夫、大丈夫……自分に言い聞かせ、両手の指をかたく組みあわせたその向こうに広がるグラウンドを見つめた。

――さあ、注目の第一球……ピッチャー、投げたっ！　……打ったああ！　いいいい当たりだあああ！――

三塁線上の低いところを流れ星の如く、すっ飛んでいったボールが、視界から消えた。前進守備のサードが、突如、トビウオのような横っ飛びを見せた。目もくらむような打球を、彼はそのグラブでダイレクトに捕らえ、素早くサードベースを踏んだ。

「ゲッツーだ!!」

ヨシッ、ヨシッ、ヨシッ、ヨシッ、ヨッシャーッ！

握りしめたガッツポーズに、私は何度も力を込めた。隣でおっちゃんは、後ろにいたユニフォーム姿の小学生たちと抱きあって喜んでいる。

――セトショウの元気印、榊原の見事な守備でダブルプレー！　ノーアウト満塁から、フォアボールの押し出しで一点を失いましたが、その一失点で切り抜けました。セトショウナインが笑顔でベンチへ戻ってきます。二点差を追いかける瀬戸内商業高校の次の攻撃に、期待しましょう！――

スタンド全体から沸き起こった拍手はなかなか鳴りやまなかった。球場のすぐ隣でナイアガラの滝でも流れ落ちているかのような強烈な喝采だった。孤独から解放されたエースと、彼が投げる全身全霊の球をそのミットに受け続けたキャッチャーがハイタッチを交わし、それぞれのポジションを必死に守ってきた仲間たちが笑顔でベンチに戻ってくる。

「ヒヤヒヤしたなぁ、ほんまにジュウサンジはどうなることかと……」

「ジュウサンジ？」

「ちゃうがな、一時《イチジ》はどうなることかと……な、姉ちゃん？」

「ようやく冗談が言える余裕がでましたね」

「そういうことやがな。はっはっは」

選手がベンチに引き揚げたあとも、三塁アルプスからは、大きな声援が送られた。

選手だけでなく、アルプスの応援団も、勝利を信じて闘っている。信じる心が、奇跡を呼ぶのかもしれない。その数が多ければ多いほど、思う気持ちが強ければ強いほど、奇跡を呼び寄せる力になるのかもしれない。願いは届く。本当かもしれなかった。

誰かの想いが違う誰かの力になったり、見えない力が運命を動かしたり、たとえばそれを偶然とか奇跡と呼ぶのかもしれなかった。

乾いた土の上に、プレーの数と同じだけ刻まれたスパイクの跡。日に焼けた球児たちの顔に光る汗。真剣な眼差し。勝負をかけたフルスイング。剥き出しの魂。そのすべてを見守る観客たちの、野球を愛する気持ち。神経を研ぎ澄ます審判員。寡黙なグラウンドキーパー。いくつもの要素が絡み合ってひとつになった甲子園球場は、聖地としてふさわしい美しさで、永遠の夢の場所となる。

絶体絶命のピンチを脱したとはいえ、試合はまだ負けたままで、逆転できるとも限らない。それなのに、心地よい爽快感に包まれていた。負けているのに、負けているような気がしない。

「それはそうと、姉ちゃん。ほんとはあっちで応援したいのんとちゃうか？」

おっちゃんは、三塁側のアルプスを尖り気味の顎でさした。

私は笑ってかぶりを振った。

「なんでや？」

「私はもう地元の人間じゃないから……」

繰り返し心の中で呟いてきたことだった。

「地元を離れて、長いのんか？」

「ちょうど、十八年」

「なんぼ離れてたいうても、故郷は故郷や、その事実は変わらへん。なんも気にすることあらへん。それともなんや、えらいこっちが気に入ってもうて、もう関西人になってもうたんか？」

私は首を横に振った。

東京でも関西でもなく、今ではもう四国の人間でもない私は、きっとどこにいても座りが悪いまま、違和感とともに生きていくのだろう。

十八年前、地元で就職するという条件を引き替えに上京したが、大学を卒業したあとも、私は東京で生活することを選んだ。

勤務先の事業統合にまつわる人員整理で、三年前に東京本社から大阪営業所へ転属になった。

気が進まない引越し作業をしている時、懐かしいものを見つけた。思わぬタイムカプセルの出現だった。箱を開くと、高校の授業中に教師の目を盗んで回していた手紙が山のように出てきた。当時流行っていた複雑な形で折りたたまれたそれらの手紙を開くと、ふっと午後の教室の匂いが広がるようだった。


今は現代社会の時間、退屈で死にそうだから手紙を書くことにします。授業が終わったら、今日はどこへ行く？　ひさしぶりにジュゲムでラジオ聞く？　もしかしてリサはAくんとデートかな⁉　ちょっと寂しいかも。FROM　アユ

授業中にトランプはいけません！　アユとリサは反省すべし！　シイタケの怒りはおさまりそうにありません。今、ものすごい顔をして怒っています。ああ、でもこうして授業が脱線してくれて、ちょっと嬉しいかも☆　アユとリサに感謝！

それにしてもお腹がすいてきちゃった。やっぱり今日も大狸の明石焼きで決定！　かな？　ｂｙ　ノリ

歩美と典子からの手紙が全体の半分くらいを占めていて、やっぱり仲がよかったのだなとあらためて思った。

恋愛相談や将来に対しての漠然とした不安、内緒で打ち明けてくれた悩み事もあれば、他愛もない暇つぶしみたいな手紙も多くあった。

今頃、みんなどうしているだろう。

十八歳だった私は、彼女たちにどのような返事を書いたのだろう。彼女たちが抱えている悩み事や秘め事に対し、その時私は何を感じ、何を考えて自分なりのアドバイスをしたのだったか、今では見当もつかない。

たくさんの紙の山に埋もれていた一通、安西くんが一度だけ私に宛てて書いてくれた手紙を見つけた日から、私はそれを手離せない。気づけばまたクローゼットの奥にしまった小箱を取り出し、過ぎ去ってしまった青春の欠片を手に取るのだ。彼との繋がりを証明するものは、今となっては、疑わしい記憶のほかには唯一それだけだった。

手紙ありがとう。東京はなかなか楽しそうだな。

こちらは新入社員研修で、兵庫県の山の中にある工場兼研修センターで寝泊まりをしていますが、本当にびっくりするくらい何もないところです。一ヶ月の研修が終わったら四国営業所に配属されることが正式に決まりました。即戦力になれるように、なんて言われるけど、そんなことが有り得るのかな？

ここで何をしているかと言えば、社会人としての基礎知識を身につけたり、バットやグローブ、シューズといったスポーツ用品の製作工程を学んだりという具合です。同期は全部で八十人くらい。高卒は俺一人くらいで、ほとんどは大卒です。いきなり出だしから負けているみたいで、悔しい気がする。

数日前に同期の一人とケンカして、合宿所を飛び出してしまった。理由がなんだったのかよくわからないけど、要は野球がらみの話。セトショウも甲子園に行けなくなって『ヘボショウ』に成り下がった、みたいなことを言われて腹を立てたという、子供のケンカみたいなものです。

薄着のまま飛び出して、ジーンズのポケットにたまたま十円玉が二枚入っているだけ。

暗い山道をひたすら下りてみたけど何もなく、足が棒になるまで歩いて、やっと小さな町に出ました。電話ボックスを見つけたので、野球部の友人に電話でもしようと思って入ってみたけど、電話番号を覚えていない。県外だから電話帳にも載っていない。それなのに、その電話帳を三十分くらい眺めていた。電車の駅を見つけ、しばらくそこで人を待っているふりをしたけど、寒かったのでまた歩きだした。

三十分くらい歩くと、コンビニ発見！　三十分くらい立ち読みしたが、急に情けなくなってきて、気がついたら合宿所に戻っていた。いったい野球で何を学んできたのか。こんなことで本当に社会人としてやっていけるのだろうか。

青田は女子大生だな、おめでとう。では、また。安西俊紀

最初にこの手紙を読んだ時、私への想いがどこにも書かれていないことに落胆した。どうして私にではなく、野球部の友人に電話しようとしたのか、そのことが腹立たしくもあった。これではまるでただの日記、自問自答、私の存在って？

あの頃の私は、遠距離恋愛という響きに、甘い幻想を抱いていた。

彼からの手紙を受けとった時には、もうそれだけで嬉しくて舞い上がるような心地だったのに、開封して文字を追うごとに、それ以上の何かを求めてしまう。自分だって、素直な気持ちは伝えていないくせに。

物心がついた時から、私の周りにはいつもたくさんの大人たちがいた。

商店街の人々とは、血の繋がった親戚みたいなつきあいだった。学校から帰れば、店の従業員や工房の職人さんたち、買う気もないのに毎日店に入り浸っている近所の人、いつも誰かが迎えてくれる。学校はどうだった？　テストはできたか？　弁当は残さず食べたか？　腹は減ってないか？　風邪の具合はどうだ？　進路はどうする？　いつも誰かが声をかけてくれる。そういうことのすべてが、いつからか息苦しく感じるようになった。

商店街が廃れ始め、昔の活気がなくなっているというのに、ずっとこのままではいられないことなど目に見えているというのに、誰一人決定的なことは口にしないで笑っている。そんな日常のすべてから、逃げだしたくなった。

東京には、私を気にかけてくれる人は誰もいなかった。望んだとおりの自由を私は手に入れた。

それなのに、都会の雑踏で立ちすくみ、ふと理由のわからない涙が零れそうになることがあった。次々と目の前に人が立ちはだかって、肩をぶつけ、スクランブル交差点を渡りきれない。見えないルールが存在しているように、人混みを整然と行き交う人たちの中で、私だけが前へ進めない。誰もが面倒臭そうに気だるく受け取っているポケットティッシュさえ、私の手には握らせてくれない。私の存在など、誰の目にも映っていないかのように。

自分自身の孤独すら理解できない私は、行間に隠された彼の寂しさや不安に気づくこともなかった。知らない町の電話帳をただ眺めたり、駅で人を待つふりをしたり、コンビニで立ち読みをした彼の気持ちは、あの時の私には想像できなかった。

彼はもともと地元の人間ではなかった。

幼少から父親の転勤の都合で、各地を転々としたという話を聞いたことがあった。中二の時に一家であの町へやってきて、彼が高二の時にはまた、家族は中国地方のどこかへ越していったらしい。たまたま親戚が近くにいたから、セトショウで野球を続けたい彼は一人留まり、その家に身を寄せていた。

地元意識が強いあの町にやってきた時から、誰にも言えない孤独を抱えていたのかもしれない。それよりもっと前から、父親の仕事の都合で違う土地に移り住むたびに、寂しい想いを重ねてきたのかもしれなかった。プロ野球選手になりたいという夢も、甲子園へ行きたいという憧れも叶わず、それはどれだけの失望を彼に与えたのだろう。

十八年が過ぎた今、私は彼にふたたび恋をした。寂しげな横顔や、冷たい空気を纏う彼を今なら思いきり抱きしめることができる。これは一方的な片想いだ。あの頃の彼はもうどこにもいないし、大人になった彼に巡り合うことも叶わないだろう。たとえまた出逢えたとしても、昔と同じように、二人の心が通いあうとは思えない。そんなことを夢見るほど、もう若くはない。

私もそれなりにいくつかの恋愛をして傷ついたこともあった。

女性では初めての役職を与えられ、仕事に没頭しているうちに、結婚を考えていた人から別れを告げられた。失った恋の痛手から逃避するように、仕事だけの生活を続けたが、勤務先が親会社に吸収合併されると、私の居場所はなくなってしまった。転勤を命じられたことはショックだったが、考えてみれば東京にこだわる理由もなかった。

そうして大阪での生活が始まった。

私にとって関西の街は、まるで接点のない見知らぬ場所ではなかった。

二人だけの卒業旅行で目にした懐かしい風景にでくわすたび、淡い想いが輪郭を描き、キスさえしていない初恋の人に心は奪われていった。記憶の中で見る彼の横顔に浮かぶ悲しみの気配。何かを失った人だけが見せるような横顔は、少年ではなく大人の男を感じさせた。何もしてくれないのは、大切にされていたからだということを、誰からも大切にされなくなった今になって思い知る。

神戸の取引先へ向かう時には、阪急でもＪＲでもなく、決まって阪神電車を利用した。

梅田と三宮を結ぶ電車内、過去と現在が交錯するその空間に身を委ね、胸の奥で疼きだす痛みと引き替えに味わう至福。次は神戸で逢おう、と言った彼の低い声が、つい今しがた耳元で囁かれたような気がして車内を振り返る。彼の姿がどこかに紛れているような気がして、その影を探してしまう。

高層マンションが林立する尼崎駅周辺を行き交う人々、武庫川沿いの道を犬をつれて歩く人や、ジョギングをする人。そんなところにいるはずもない彼を探している。

仕事が終わっても、なかなか神戸の街を離れることができず、喫茶店で珈琲を飲みながら、通りを歩く人たちをいつまでも眺めた。あたりが薄暗くなり、ようやく店の扉を押し開けて外へ出ても、そこから一歩も進めない。

予定のない日曜日には、阪神電車で神戸へ出て、三宮センター街や、元町の高架下を行ったり来たりする。マクドナルドでハンバーガーを食べ、異人館が並ぶ北野の坂道をあてどもなく歩く。電車に乗るたびにあるはずのない人影を探し、電車が停車するたびに、乗り降りする人の姿を目で追うのが癖になっていた。そうしていつも最後には、泣きたくなる。

二十代の頃は、泣かなかった。悔し涙が溢れることはあっても、この頃のように、何もないのに気がついたら涙を流している、そんなことはなかった。

このまま安西くんに逢えないのなら、もう誰だって同じだ。誰でもいいから傍にいて欲しい。誰でもいいから声をかけて欲しい。知っている誰かに偶然ばったり逢って、食事にでも行こうかと声をかけられないだろうか。知らない誰かでもいい、誰でもいいから、私に声をかけて。どうしようもない寂しさに、自分を見失いそうになる。

マンションに辿り着き、暗い部屋の灯をつける。

真夜中になると、彼が教えてくれたあの音楽が聴きたくなる。真冬の暗い海を渡る船の中で、二人で聴いた曲。ウォークマンのカセットテープに録音された、ポリスの『King Of Pain』。ひっそりと静まりかえった夜の淵でこの曲を聴いていると、冷たい海の上にいたあの時と、時空を超えて繋がっているような感覚になる。

前奏が流れだす。暗い夜の凍える冷気の中で刻まれるふたつの鼓動を思わせるリズム。音楽の波間に聞こえてくるのは、教会の鐘の音。それは、二人でしのび込んだ海辺の教会、あの時二人を導いた響きだ。クラシックのような荘厳さと、囁くような密やかさ。幻想的に迸る情熱。この曲は、私の心をなぐさめてくれる。孤独に寄り添い、荒ぶる胸を鎮めてくれるこの曲は、彼からの時を超えた贈り物だった。

十八歳だった彼の姿が、三十六歳になろうとしている私を支えている。

野球をする自由を選んだのだと、あの日、放課後の教室で彼は言った。甲子園へ行きたいという想いだけで、どんなに苦しい練習にも耐えられるのだと教えてくれた。死んでもいいくらいに、野球に打ち込んでいた高校生の彼。その想いがどれだけ純粋で尊いか、彼にはあの時点でわかっていた。まるで二十年後の自分の目で、今の自分を見るような、揺らぐことなく何かを信じきる強さに、今になってどうしようもなく惹かれている。あの時すでに、彼は大人だった。

先日、懐かしい女性から葉書が届いた。

頬と頬を触れあわせるようにして微笑む男女。写真の下には短いメッセージが書き込まれていた。黒石冴香からだった。

彼女とは時々、連絡を取りあっていた。年賀状など形式的なやりとりはなかったが、不定期に、忘れそうになった頃、けれど決して縁が切れないタイミングで便りがあった。その絶妙さが、いつも私を喜ばせた。

葉書には、パートナーと一緒にニューヨークで新しい生活を始めました、と記されていた。私たち結婚しました、まるでそんな印象の、ありきたりな内容だった。普通でいることが何より似合わないと思っていた彼女が、普通の枠におさまっていることに、私は拍子抜けした。いわゆる一般的な価値観や幸福感に縛られることなく、きっと彼女は一人どこかで闘っている。だから私も頑張ろう。なぜだかそう思い込んでいた。その頼りなく身勝手な想像が、なぜこんなにも自分を奮い立たせ、挫けそうになるたびに支えてきたのかと思うと、自分でも不思議なくらいだった。

生きているだけで幸せだと達観したように呟きながら、いつも何かを求めずにはいられない。目に見える、形のある何かを探している。

私はまだ何も成し遂げていない。何ひとつ、形にして残していない。子供を産んで育てたわけでもないし、人生を賭けてやり遂げたい仕事も持っていない。永遠に愛し愛されたいと思えるパートナーもいない。胸を張れる生き方をしていない。

でもそれは、いったい誰に対して胸を張りたいのだろう。体裁を気にして言い訳を重ね、結局は他人の目、世間体を気にしながら生きているだけの、ちっぽけな人間であることを認めるのが、怖かっただけなのだ。

――世間を気にするなんて、幻と闘うようなもの。世間体を気にするくらいなら、世間と縁を切って生きていく――

高校最後の夏、冴香はそう言った。あの時の彼女の倍も年齢を重ねたというのに、今さらあの時の言葉に説教をされているみたいだ。

どこからか、笑い声が聞こえてくる。

今頃気づいたの？

十八歳の少女が、私を見て笑っている。

八回の表、聖友館はピッチャーを交代してきた。

三年生エースの花山投手が先発し、二年生の光井投手が引き継いで抑えるというのが聖友館のスタイルで、鉄壁のリレーと呼ばれているらしい。

ガイドブックの記事やラジオの情報によれば、どんな場面もポーカーフェイスの花山投手が〝闘志を内に秘める静かなエース〟と呼ばれているのに対し、笑顔がトレードマークの光井投手は〝微笑みのエース〟として人気を集めているそうだ。そのイメージどおり、花山投手から光井投手へピッチャーマウンドが譲り渡された途端、ついさっきまでそこに漂っていた冷ややかな空気が、ふっとやわらいだように見えた。

どんな局面になっても表情ひとつ変えない花山投手は、クールビューティーと呼ばれるだけあって付け入る隙がないように感じられたが、穏やかな表情で微笑む光井投手には親近感が持てるぶん、隙もありそうな気がしてくる。そう単純ではないだろうが、試合の流れを変えるには、相手チームのピッチャー交代は、よい転機となるかもしれなかった。セトショウは七回が終わって無得点、二点差を追いかけている。

どうやらおっちゃんも、同じことを考えているらしい。

「ハナヤマはアカンわ、ありゃ鉄板や。ミツイはなんや、可愛げがある。気の毒やけど、ここでいっとこか」

その予感は、当たったたように思えた。

この回、最初のバッターは四番の佐倉くんで、ピッチャー同士の見応えある対決となった。マウンドを引き継いだばかりの相手ピッチャーの球に喰らいつくようにバットを当てて粘り、結局九球目を打ち上げてしまったが、一球ごとに意地と意地とがぶつかりあう緊迫した内容だった。その執念を受け継いだように、続いて打席に立った女房役、キャッチャーの谷本くんがしぶとくレフト前にヒットを放って出塁すると、果敢にセカンドベースを狙った。タッチの差で惜しくも盗塁は失敗に終わったが、その闘志と勇気に対し、場内からは惜しみない拍手が送られた。

小粒軍団セトショウでただ一人巨体を誇る、六番の清川くんがセンター前にヒットを放ってツーアウト一塁とすると、三塁側のアルプスから弾けるような歓声が上がり、セトショウの巻き返しを期待するムードが球場全体に広がった。

打順七番、中村《なかむら》くんのバットが小気味よい音を響かせた時には、誰もが抜けた！と思ったはずだ。その勢いあるライナーを、セイユーのショートが素早い反応でダイレクトキャッチした。ここでもまたスタンドを埋め尽くす大観衆から割れんばかりの拍手が送られた。

いい当たりを見せたバッターへ、その打球に喰らいついた守備陣へ、全力プレーを見せるすべての選手たちへ送られた賞賛の拍手だった。

見せ場はいくつもあったし、セトショウの流れを感じたものの、結局八回の表も無得点で終わってしまった。

その裏、マウンドに上がったセトショウのエースは、明らかに様子がおかしかった。カウントを悪くしながらも、なんとか最初の打者を三振にしとめたまではよかったが、その後はボール球が多くなり、相手チームはバットを振らなくなった。なかなかストライクが入らず、見ていられない状況が続く。すでに前のイニングで、気力体力のすべてを出し尽くしてしまったのかもしれなかった。

「セトショウには、ほかにピッチャーがいないのかしら……」

ピッチャー大炎上などというシーンだけは、絶対に見たくない。試合の結果も大事だが、エースのプライドを傷つけてほしくない。だが、セトショウには鉄壁のリレーができるような抑え投手が控えている気配はなかった。

「佐倉に代わるような投手はおらんのとちゃうか。佐倉は三年生やから、これが最初で最後の甲子園や。どんだけボロボロになっても、投げ抜いてみせるはずや。信じるもんは救われる、そう言うやろ。信じる心が、奇跡を呼ぶんやから。な、姉ちゃん」

「信じて救ってもらえるものなら、いくらでも信じるけれど……」

現実はそう甘くはなかった、それともまだ信心が足りないのか。

ワンアウトからフォアボールでランナーを二人だし、なおかつ次の打者に対してもボール球が先行している。相手はセイユーの四番打者、蛯川選手だ。打席でエビ反りを繰り返す迫力満点の姿とは対照的に、マウンドの佐倉くんは険しい表情で荒い息を吐き続けている。

結局カウント、ツーストライク・スリーボールから、セカンドの頭上を越える強烈なヒットを打たれ、ワンアウト満塁。これまで何度もピンチを切り抜けてきたが、今度こそ絶望的だった。あとふたつのアウトカウントをとることが、どうやっても不可能に思えた。

五番打者のキャッチャー矢崎選手の打席では、平凡なサードゴロの処理にもたついた間に、三塁ランナーがホームに生還し、一点を献上してしまった。三対〇と点差を広げられ、なおもワンアウト満塁。

スクールカラーの赤一色に染めぬかれた一塁アルプスが喜びを爆発させるたび、烈しい轟音とともに空に向かって火柱を噴き上げ燃えさかる一帯がそこにあるかのような光景が、目に沁みた。

――セイユー、一点追加で三対〇！　セトショウはピンチが続きます！　エース佐倉にとっては苦しい展開。もともと調子がよくないという、右肘の状態も気になります――

苦しげに顔を歪めるエースを見ていると、今度ばかりはタオルを投げ入れたい、そんな気持ちになる。

どうにもストライクが入らない。配球を見極めているのか、打者もバットを振らない。やっとゴロを打たせたと思ったら、三塁線に転がっていく球を咄嗟の反応で追いかけたピッチャー佐倉くんは、ホームへ送球する際にバランスをくずし転倒した。三塁ランナーが突っ込んで、四対〇、なおもワンアウト満塁。もういくらでも点を取られてしまいそうだった。

「このままでは、アカン。これ以上の失点は、絶対アカン！」

唇を噛むおっちゃんの隣で、私は言葉も出ない。

ファイト、ファイト、サ・ク・ラ！

ファイト、ファイト、サ・ク・ラ！

三塁アルプスは、エースの名を叫び続けた。悲鳴のような声を上げ、エールを送り続けていた、その時だった。

〈選手の交代を、お知らせします〉

うぐいす嬢のアナウンスに、場内が騒然となった。

「交代って、ピッチャーの……？」

「セトショウのピッチャーは、エース佐倉のほかにはまったく情報がないからな……」

なぜだか動悸が早くなる。ラジオの声に耳を澄ましながら、私は自分の胸に手をあてた。

――ここでセトショウは、ピッチャー交代です。さきほどのピッチャーゴロを捕球する際に、どうやら足をひねってしまったようです。足を引き摺るようにして、佐倉がマウンドを降りていきます。右肘もかなり心配な状態と思われます。大事な場面ではありますが、ピッチャー負傷で交代を余儀なくされます。ゲームも終盤、これ以上の失点は避けたいところです。古豪復活を賭けた瀬戸内商業高校に、救世主が現れるのでしょうか！――

場内のざわめきがおさまった時、うぐいす嬢が淡々と、その名を告げた。

〈瀬戸内商業高校、ピッチャー、佐倉、くんに代わりまして……、背番号10、安西、くん〉

うぐいす嬢の、マイクをとおしたその声は、どこか別の世界から聞こえてきたみたいだった。三塁アルプスから沸き上がった歓声も、薄く透明な膜に包み込まれたみたいに遠くなりながら、自分の鼓動だけが早鐘のように響きだした。

傾きかけた太陽の光が、マウンドに上がった一人の少年を照らす。そこにいたのは、安西くんだった。セトショウのユニフォームを着た、紛れもなく、あの頃の、そのままの、安西くんだった。

日に焼けた顔で正面を見据え、貫くような鋭い視線を投げる。やわらかくなった陽射しがふりそそぎ、左の腿を高々と上げた彼のシルエットが、眩《まばゆ》い光の中に溶けた。バネのように全身をしならせ、低くなった姿勢から、力強く右腕が振り下ろされた。指先から放たれた白球は水平に宙を切り裂きながらスピードそのものとなって姿を消し、直後、重たい音をたててキャッチャーミットにおさまった。捕球したキャッチャーがそのまま後ろへ倒れてしまうのではないかというような重厚な音が聞こえたのを合図にして、遠ざかっていた音の感覚が耳に鮮やかに蘇ってきた。

ストライーーク！　主審の甲高い声。アルプススタンドの応援合戦。売り子たちが張り上げる掠れた声。そして、メガホンから叫ばれるおっちゃんのしゃがれた声。

「ええぞ安西、その調子や！　ものすごい隠しだまがあるやないか！」

おっちゃんは自分自身を制するように、口元に人差し指をさっとあて、ラジオへ耳を傾けた。ラジオからは、懐かしい名前が聞こえてきた。

――なんとここで一年生ピッチャー、安西がマウンドに上がりました。県大会から一人で投げ抜いてきた佐倉でしたが、限界のようです。この緊急事態に、一年生の安西ユウキ、どんな闘いぶりを見せてくれるのでしょうか。

じつは、安西投手のお父さんも、セトショウ野球部でピッチャーをしていたそうなんです。エースで四番だったというお父さんも、甲子園を目指していたそうですが、残念ながら甲子園出場の夢は叶いませんでした。その父の夢が十八年後、息子によって叶えられたという素晴らしい物語が生まれました。さあ、安西ユウキ投手、父の夢、そして自らの夢に向かって、その名のとおり、勇気ある投球を見せてくれるでしょう。このピンチを切り抜けられるか、瀬戸内商業高校！――

ピッチャーマウンドに立った彼は、すさまじい気迫を前面に出して投げた。最初のバッターを三振に打ちとると、短く吼えて拳を握り、闘志を露わにした。

右腕を振り切った勢いで身体が回転した拍子に、広い背中が見えた。どんなもんじゃい！　背中がそう言っていた。彼なら大丈夫、打たれるはずがない。そんな気にさせてくれる、頼もしい背中。そのまま右腕が飛んでいってしまうのではないかというほどに、腕を大きく振り抜いて投げる投球スタイル。着々とストライクを重ね、最後のバッターをキャッチャーフライにしとめて、三者残塁という形で八回の裏を終えた。

夢のようだった。

彼はまさしく、安西くんそのものだった。高校時代の、野球をしていた頃の安西くんに逢えることなどあり得ないのに、私はその姿を信じてしまった。たとえそれが幻でもかまわなかったのに、それは幻でもなんでもなくて、安西くんの息子という現実そのものだった。その現実のほうが、さらに夢まぼろしのようだった。

突如、目の前に現れた救世主の姿を、私は信じられない想いで見つめていた。

心待ちにしていた卒業旅行は、あっというまに終わってしまった。

夕方に神戸港を出港し、四時間の船旅と電車を乗り継いで住み慣れた町に戻ってきた時には、午後十時を回っていた。それでもまだ安西くんと離れたくなかったし、お腹も空いていた。どこかでご飯でも食べない？　そんな提案をしたかったけれど、彼にとっては迷惑かもしれないと躊躇して言いだせなかった。

電車を降りた私たちは、静かな夜の駅前商店街を歩いた。

シャッターを下ろした商店街に、冷たい夜風が吹き抜ける。見飽きたはずの冴えない場所も、彼と並んで歩けば、映画か何かのロケーションかと思えるほど、いつもと違って見えた。外灯がぼんやりと小さな明かりを落としているのも、野良猫が愛想なく横切っていくのも、シャッターの表面にこびりついた赤茶けた錆さえも、すべてが凍えるような夜の中で感傷的に、けれど輝いて見えるのだった。

少し先を歩いていた彼が立ち止まり、こちらに向き直った。

「空港へ見送りには、行けそうにない。悪いけど」

安西くんはもうすぐ始まる新入社員研修の合宿が控えていた。互いの予定を冷静に逆算して考えてみれば、おのずとそうなることくらいあらかじめ覚悟しておくべきだったのに、なぜだか永遠の別れを告げられたような喪失感が込み上げた。

町を離れると決めたのは自分なのに、引き止めてくれないことが寂しくて、それが矛盾していることもわかっていて、どうしようもなくて立ち尽くした。卒業旅行の締めくくりが、別れの場面になるなんて、悲しすぎた。

二人で記念の写真を撮りたかったのに、結局安西くんは撮らせてくれなかった。誰も知らない街を二人で手を繋いで歩きたいという願いも叶わなかった。遠く離れてしまう前に、好きだ、とひとこと言ってほしかった。心の支えになるような二人だけの約束があれば、どんなに離れていても大丈夫だと思えたのに、安西くんは何も言ってくれない。思い描いていたような卒業旅行にはならなかったけれど、それでも二人で一緒にいられて幸せだった。もう少しだけ一緒にいたい、そう言って、彼の胸に飛び込んで、自分をあずけてしまいたいという衝動にかられた。

けれど、動けない。

「卒業旅行、楽しかった。ありがとう」

差し出された右手に、自分の右手を重ねた。ほんの一瞬、込められた強い力だけが、私を救った。

「東京に行っても、がんばれよ」

「安西くんも、お仕事がんばってね」

「次は、神戸で逢おうな」

見上げた瞳に吸い込まれそうになりながら、私はゆっくりと頷いた。

「手紙、書いてくれる？」

もちろん、というふうに彼は、やわらかい笑みを浮かべた。切れ長の大きな瞳が、夜の闇の中で潤んだように光っていた。重ねていた右手が、離れていった。

私たちは手を振って、シャッターに閉ざされた商店街の真ん中で別れた。

故郷を離れる朝、開港したばかりの高松空港で、私は来るはずのない彼の姿を探していた。流行のドラマみたいに、息を切らして走ってきて、言い忘れた言葉を伝えてくれる、そんなシーンを頭の隅で思い浮かべた。

待ち望んでいた新空港の完成に、その場にいる誰もが浮き立っているように見えた。

私はそこに、来るはずのない人が現れるのを待っていた。

8　ラストイニング

最終回、四点のリードを許しているというのに、なぜか負けている気がしない。自分でも驚くほど、無性に何かを信じていた。

このまま試合が終わるはずがない、という根拠のない確信と、このまま永遠に試合が続いてほしいという願いに縋《すが》りつきながら、何より彼の出現に魂をまるごと奪われていた。

八回裏、二点差を追いかけていたセトショウは、ワンアウト満塁からなおも二点を追加され、さらなる大量失点を重ねようとしていたが、一人の少年がその窮地を救った。彼の好投により、それまでの重苦しい雰囲気は一変し、セトショウファンの誰もが、救世主の登場に一条の光を見たに違いなかった。一年生ピッチャーの奮闘が、チームに明るさと活気を与えていることが、スタンドで見守る観衆にも伝わっていた。

九回表、セトショウの攻撃。八番、ライト、浜元選手からという打順に、三塁アルプスは大いに盛り上がった。最終回の攻撃、応援団もまた燃え尽きようとしていた。

跡継ぎ問題を心配され、生まれる前から町全体が待望し、その成長を見守ってきた、まさに町の子供の代表とも言える浜元選手に希望を託す想いが伝わってくる。

セトショウ大逆転の突破口という期待を背負い、浜元選手がバッターボックスに立った。

「姉ちゃん、あれ、見てみぃ。まさに試合も応援もクライマックスや」

おっちゃんが尖り気味の顎でさし示したのは、三塁アルプスだった。

「あっ、ハマちゃん音頭だ！」

応援団は最後の切り札をきるように、これまで見せたことのなかったスペシャルヴァージョンの応援を披露していた。

ハ・マ・ちゃん！　ハ・マ・ちゃん！

ハ・マ・ちゃん！　ハ・マ・ちゃん！

かけ声にあわせてアルプスが一丸となってハマちゃん音頭を歌い、盆踊り風の振りつけを踊っている光景に、私は見入った。

「懐かしい……！」

ハマちゃん蒲鉾のテレビコマーシャルでおなじみの歌と振りつけは、地元の人間なら必ず一度は見聞きしたことがあるはずだった。胸の前でトントンと二回手を打ち、太陽の光を遮るように右手を翳す。また胸の前でトントンと二回手を打ち、今度は左手を翳す。その繰り返し。着ぐるみのハマちゃんがスタンドの最前列で指揮をとって見本となり、アルプスにいる全員がそれに倣《なら》っていた。

カァッキィンッ！

盆踊り会場と化したアルプス席に見とれているうちに、金属バットがボールを打ち返す派手な音が鳴った。浜元選手が猛ダッシュし、ハマちゃん音頭を踊っていた一団が一斉にその場で跳び上がった。

——アルプスの大声援に応えるように、浜元が左中間にヒットを放ちました！　いよいよ最終回、九回の表、セトショウの攻撃は、先頭打者の浜元がいいスタートを切って、ノーアウト一塁！　古豪の魂をここで見せるか、瀬戸内商業高校！——

「なあ、姉ちゃん。ハマちゃん蒲鉾って、旨いか？」

見よう見まねでハマちゃん音頭を踊っていたおっちゃんの問いかけに、「それはもう！」と答え、私は親指を立てた。

〈九番、レフト、水沢、くん〉

うぐいす嬢のコールにあわせ、ブラバンの演奏が、山本リンダの『狙いうち』に変わった。パーカッションが烈しくリズムを打ち、金管楽器がメリハリの効いた演奏で妖しげなイントロを奏でる。

ウ・ラ・ラー、ウ・ラ・ラー、のかけ声にあわせ、今度はアルプスの人々が右へ左へと腰を振りながらツーステップを踏みだした。そこにいる老若男女の誰もが、ウララ、ウララと歌い踊り、腰を振っている。水沢くんの出番がまわってくるたびにこれが始まるのだが、回を重ねるごとにオーバーアクションになり、最終回で迎えた絶好のチャンスに、三塁アルプスの誰もが、なりふりかまわず踊っている。着ぐるみのハマちゃんも、胴体の割に巨大な頭部が、今にもスコンと飛んでいきそうなほどの派手なアクションで踊り狂っている。

その熱が、ネット裏のグリーンシートにも飛び火した。

当然のように、おっちゃんが踊りだした。ウーララ、ウーララ、と腰を振り、ウ・ラ・ラー、と最後の高音を甲高く歌ってはジャンプするという、基本スタイルにはないオリジナリティを発揮した。野球チームのユニフォームを着た小学生たちも次々と立ち上がり、おっちゃんの真似をして踊りだした。

カーンッ！　金属バットがシンバルに似た高音を打ち鳴らし、リズムにあわせて絶妙なアクセントをつけた。

「リンダ最高！」

わけわからん賛辞を送り、髪を振り乱しながら奇妙な腰つきでさらに激しく踊るおっちゃんに、子供たちが大笑いする。

——打ちましたああ！　強烈な当たり！　浜元に続いて、水沢もライト前にヒットを放ちました！　これで九回表セトショウの攻撃、ノーアウト一、二塁！　最終回に大きなチャンスをつくりました！——

マウンドで光井投手が首をひねり、球場の雰囲気が俄かに変わりつつあった。

ファーストベースを踏んだ水沢くんがガッツポーズを突き上げる。全身から発している熱が、気持ちで打ったヒットであることを物語っていた。その姿を見ていると、ひとつのプレーが脳裏をよぎった。初回の裏、聖友館の攻撃で、あわやホームランという当たりをフェンス激突の体当たり守備で救ってくれたのが、この水沢くんだった。あのひとつのプレーが、試合の序盤で一気に流れが傾こうとするのを阻止したように、最終回のチャンスの場面でも、いいリズムを繋いでいた。やはり、野球は一人でするものではなく、ひとつひとつのプレー、一人一人の気持ちが繋がってこそ、野球なのかもしれなかった。

〈一番、ショート、田原、くん〉

うぐいす嬢のコールに続けて聴こえてきたメロディ。壮大な景色が眼前に広がりゆくような前奏……。ブラバンが奏でるタバルくんの応援歌は、『昴』だった。タバルで、スバルか。最終回になって、ようやくその意味がわかった。今日何度目かの『昴』を聴きながら、ベタやな、と私は苦笑した。

地元の町の、そのあたり一帯がタバルさん家、という集落があった。大勢のタバル一族が、この甲子園球場に大集結し、末裔まで語り継がれるような大活躍を彼に期待していることだろう。


わーれは打つー、はるかとおくホームラン——

わーれは打つー、走れー、ターバールーよー♪


三塁アルプスの応援団はみんなで肩を組み、田原くんの応援用につくられた替え歌を大合唱しながら右へ左へ肩を揺らしている。応援合戦も、最終章スタイルにヴァージョンアップしている。

「スバルくん！　はるか遠くまで、目が醒めるくらいの特大ホームランを見せてくれ！」

「スバルくん、ちゃうし。タバルくんやし」

突然、おっちゃんが肩に腕をまわしてきた。アルプスの応援団と同じように肩を組み、右へ左へ身体を揺らしながら歌いたいらしい。それを阻止しようと、私は抵抗した。

「みんなで力あわせて応援せなアカンねんて！」

「いいですって！」

揉みあっているうちに、バットがボールを打ち返す金属音が空に響いた。見ると、田原くんが猛烈な勢いで走りだしていた。

「打ったあっ！　走れえ、タバルくん！」私は叫んだ。

気をゆるしたその瞬間、横からがっちりと肩を組まれてしまった。こうなったらやけくそだ。おっちゃんといっしょに右へ左へ身体を揺らし、大声で『昴』を歌う。

わーれは、打つー、走れー、タバルーようううう♪

セイユーのショートは二塁を見たが投げられず、一塁へ思い切り送球した。

走れー、タバルーよううーうううー♪♪

調子の狂った歌につられるように、ボールはぐんぐん上昇し、目的地をすっ飛ばすかに見えた。ファーストが跳び上がり、伸ばしたミットでボールを止めるのが精一杯だった。

――一塁への送球が大きく逸れてしまいました！　ショートゴロというバッティングでしたが、これでノーアウト満塁です！　試合は最終回、まったくわからない展開となりました！――

今度は、三塁アルプスがお祭り騒ぎになった。壮大な『昴』の大合唱が、その瞬間、驚愕の叫びに変わり、大歓声が沸き上がった。気づけば私も喜びのあまり、おっちゃんと抱きあって跳びはねていた。

「ほらな、姉ちゃん。こうやって気ぃ送ったら、なんとかなるねん。気合いや気合い、世界は気合いで回ってるねん！　みんなの気合いを結集して、それを全部バッターボックスへ送って、ここでチャンスを掴むんや！」私の背中をバシッと叩く。「なあ、姉ちゃん！　ピンチのあとにチャンス！　チャンスのあとにピンチ！　人生と同じやな、野球は。あきらめたら、アカン。せやろ⁉」

ブラバンの演奏が、ボレロ風のリズムを刻み始めた。小太鼓が聴きなれたリズムを繰り返し、前奏が終わったところで、自動的に歌の歌詞が口から出てくる。

タッタタタ・タッタタタ・タッタタタ・タタタ・タタタッ♪

じーんせい、楽ありゃ、苦ーも、あーるーさー

小太鼓が規則正しく打ち鳴らされる。人々のDNAに刷り込まれているらしく、自然と大合唱が起こった。息の合った応援に、人々は笑顔になり、手を叩き、喜びあう。最終回にして初めて巡ってきたノーアウト満塁という絶好のチャンスに、スタンドの大観衆のすべてが、浮かれたようだった。

甲子園に棲む魔物とやらが、姿を現したのかもしれなかった。異様な昂奮に人々はとり憑かれ、熱狂している。見えざる存在に操られるように、球場全体が、セトショ

ウを応援しているようだった。

負けているほうを応援したくなるという心理、日本人が好む判官贔屓の精神、はたまた単純なる群集心理、そんなものでは喩えられない、何か得体の知れない者の意識がそこに働いているような気配があった。言うなれば、甲子園という舞台をプロデュースする演出家のような存在がいることを強く感じた。

ノーアウト満塁という場面に、スタンドの昂奮が頂点に達する。

〈二番、セカンド、土居、くん〉

うぐいす嬢のコールに、やみくもな喚声が上がった。

球場の雰囲気に呑み込まれまいとするように、キャッチャーがマウンドに向かって手を上げて言葉を発した。わかっている、というふうに、ピッチャーは笑みを浮かべてみせるが、その表情はどこか歪んで見えた。

ボレロ風のリズムが繰り返される中、ピンチを背負ったピッチャーと、チャンスを掴もうとするバッターが向かいあう。

初球、ボールの判定。

二球目、右へ大きく外れてボール。

三球目、キャッチャーが身体を張って止めてボール。

素人の目にも明らかにそれとわかるボール球が続いた。観衆は一球ごとに喚声を上げて空気を震わせ、球場全体がさらに高揚していった。セトショウとセイユー、ちょうど半々くらいの応援があったはずなのに、スタンドは今、セトショウ一色に染まりつつあった。

――ストライーク！　一球高めに決まってワンストライクゥッ！　九回の表、瀬戸内商業高校の攻撃は、ノーアウト満塁のチャンスで、バッターは二番の土居という場面。カウント、ワンストライク・スリーボールから、ピッチャー光井が……投げました！――

キーンッ。

金属的な高音を響かせたがボールは前へは飛ばず、バックネットを越えてきた。後方がざわざわと騒がしくなり、誰かがナイスキャッチをしたのだろう、拍手が起きる。

ノー・スリーというカウントが、あっというまにツー・スリーになってしまった。さっきおっちゃんが言ったとおり、野球とは人生のようだ。大勢は目まぐるしく変わり、優勢と劣勢があっけなく入れ替わる。

次の球は振らないで、と私は思った。ボール球になる確率のほうが高いだろうから、ヒットを打ちにいって三振するよりも、ボール球に賭けて、とにかく確実に一点が欲しい。

ゆれる向日葵のような色をした陽射しが、左打席のバッターを照らしていた。光井投手の頬を流れ落ちる汗が光り、腕を振り抜くと同時に飛び散った。

——カウント、ツーストライク・スリーボールから、ピッチャー第六球、投げました！　……　空振りぃぃ！　さんしーん！——

アナウンサーが絶叫し、場内からは声をそろえたように、あーあ、という溜息の大合唱が起きたが、すぐにそれを温かい拍手が包み込んだ。

目もくらむような美しい三振だった。思い切りのよいフルスイングに、三振の残念さを上回るくらいに胸がスカッとした。勝負を避けてフォアボールから押し出しで一点が欲しいなどと、姑息に願った自分を恥じた。

ワンアウト満塁、チャンスはまだ十分にある。次のバッターへ、望みを託す。

〈三番、サード、榊原、くん〉

セトショウの元気印、三番サード、榊原くんの登場に、場内から大歓声が上がった。

七回裏の守備では、トビウオのような美しい横っ飛びでダブルプレーを演出し、拍手喝采を浴びた選手だ。

初得点の期待を一身に背負った彼は、ネクストバッターズサークルで豪快な素振りを披露し、大きく一礼してから右打席に入ると、気合いの雄叫びを上げた。

「おおおおうッ！」

上背のない身体に、たっぷりと肉づきのよい体躯。バットを持って打席に立つ姿も似合うが、道具を担いで工事現場にいたとしても、きっと頼もしく見えるに違いない。貫禄があることで老けて見える顔立ちも、目尻を下げて笑えば、他人とは思えない愛着を感じさせる。そんな彼が打席で吼えるたび、客席からは拍手が起こり、大声援が送られた。イニングを重ねるごとに、彼は確実に自身のファンを増やしていた。これで聞き納めになるかもしれない雄叫びが上がり、バットを構えると、分厚い背中がゆらゆら揺れた。

燃えろ、燃えろ、セ・ト・ショウ！
燃えろ、燃えろ、セ・ト・ショウ！
燃えろ、燃えろ、セ・ト・ショウ！

ブラバンの演奏がストップし、アルプスの全員で声をあわせる大合唱が始まった。悲鳴のような、地鳴りのような叫びに、鳥肌が立つ。人々が心をひとつに重ねあわせる迫力、その波動を感じて震えてしまう。

「うーわ、サブイボ、サブイボ！」

おっちゃんは両腕を大きく交差して自分を抱きしめ、掌で肩のあたりをさすりながら大騒ぎしている。

――打席のバッターは、チームのムードメーカー、三番サード榊原！　この人の登場で、甲子園球場のボルテージがさらに上がります。九回の表、ワンアウト満塁、セトショウは絶好のチャンスを迎えています。最後まで目が離せません！　セイユーの二番手ピッチャー光井が、今セットポジションから、第一球、投げました！――

左右にゆらゆらと揺れていた分厚い背中が、止まった。外めに落ちる球を掬い上げるようにバットが回る。快音が、青空を抜けていった。

大歓声が上がる中、セカンドの選手がすっ飛んで伸ばしたグラブのその先をボールは消えていった。低空飛行のミサイルみたいな弾道だった。

バットを放り投げた榊原くんがぶるぶると肉を揺らして激走し、塁についていたランナーたちも一斉に走りだした。

――三塁ランナー浜元が猛然とホームに突っ込んで、生還しました！　二塁ランナーは三塁でストップ！　瀬戸内商業高校に、待望の、待望の一点がついに入りました！　チームのムードメーカー、榊原が期待に応えてライト前にヒットを放って、四対一、セイユーのリードは三点に変わりました。なおもワンアウト満塁、チャンスが続きます！――

砂煙が舞い上がる中、宙に飛び上がったハマちゃんが人差し指を天へ向けた。ベンチから飛び出してきた仲間たちも、同じように天を指さした。

スタンドの大観衆が喜びを爆発させる。それは、試合の勝敗よりも、この奇跡のような一瞬に立ち会えた悦びに震えているようだった。

青く澄んだ空に、白く光る夏雲が浮かび、浜風が渡ってゆく。すり鉢状の底の舞台で繰り広げられる物語と、それを固唾を呑んで見守る大観衆。甲子園球場は、どうしてこんなにも美しいのだろう。たとえ今、この球場の外側で戦争が勃発したとしても、この球場の内側を脅かすことはできないだろう。今ここにいる人たちは、別の次元を生きている。世の中にどんな事態が起ころうとも、この場所だけは永遠に美しいままで、人々は野球に熱狂することをやめないだろう。

三塁アルプス、セトショウ応援団のブラバン演奏が始まった。

耳に馴染んだ前奏……『タッチ』にあわせて登場したのは、安西くんだった。彼は、四番のポジションをそのまま引き継いでいた。

〈四番、ピッチャー、安西、くん〉

グラウンドをぐるりと囲む全方向満場のスタンドから、セトショウの救世主へ大拍手が送られる。アンザイ！　アンザイ！　ユウキ！　彼を呼ぶ声が、あらゆる場所から聞こえてくる。

「ばこーんと打ったれぃ！　打ち返したれぃ、安西っ！」

まさか、おっちゃんの口からその名を聞くことになろうとは、この事態を今朝の私に想像できただろうか。

右打席で細長いバットを構え、ボールが投げられるその時を集中して待っている彼の後ろ姿。すこし尖ったような肩先。薄いけれど広くて大きなその背中は、黒い自転車の後ろから見上げていた学生服の背中とよく似ていた。

——七回を投げて無失点という好投を見せた聖友館のエース花山からマウンドを託された、二年生の光井。一点をセトショウに与えてしまいましたが、ワンアウト満塁というこの場面を守りきれるか踏ん張りどころ。八回裏セトショウのピンチを救った一年生エース、安西との対決です。さあ、ピッチャー構えて……第一球、投げました！——

あっ。

ううっ。

息を呑んだ私の隣で、おっちゃんが低く唸った。同じような短い悲鳴が、周辺から漏れ聞かれた。

相手ピッチャーの動きにあわせて腰をゆっくりと引き、バットを振り出そうとした彼の、流れるような一連の動作を制したのは、腰のあたりに食い込むようにして勢いを失ったボールだった。避けきれなかった彼は跳ね上がって仰け反り、そのまま背中を丸めて地面に伏した。

——大丈夫でしょうか⁉　セトショウの安西がデッドボールを受けて、かなり痛そうに顔を歪めています。……今、ようやく立ち上がり、ファーストベースへ向かう安西に、場内からは大きな拍手が起こっています。セトショウピッチャーの安西がデッドボールを受けて、押し出し！　セトショウが一点を追加して、四対二、その差は二点と縮まりました！――

足を引き摺るようにしながらも、試合の流れを切らさないように素早く塁につこうとする姿が健気で胸を打った。

「よっしゃ、安西！　ええ仕事した」おっちゃんはメガホンを叩き、大喜びしている。

「何が、よっしゃ、ですか。あんなに痛がっているのに、可哀相です」

「男はな、身体を張って闘うもんや。相手ピッチャーにも相当なプレッシャーになる。どんな形でもええ、泥臭くてもええから、とにかく点をとらなしゃーない。安西が身体を張って、貴重な一点が入って、二点差まで追いついた。まだまだこれから、さあ、行くでぇ！」

おっちゃんは素早く立ち上がると、右手に持ったメガホンを口元に、左手を腰にあて、大きく息を吸い込んでから、グラウンドに向かって叫んだ。

「セトショウ！　一気に、いってまえええー！」

おっちゃんのエールを合図にしたように、セトショウ応援団のブラスバンドが、新たな曲の演奏をスタートした。アントニオ猪木、闘魂のテーマ、イノキボンバイエ、正式なタイトルは知らないが、これを聴けば、闘魂のスイッチが誰でも自動的に入る、そんなイントロ。金管楽器から吹き出される伸びやかな音が重なりあって、甲子園球場の上空に響き渡る。その旋律にあわせてアルプス応援団が声をそろえ、「タ、ニ、モ、ト！」と打席に入った選手の名前を連呼する。

おっちゃんは開いた両手を高々と上げて、プロレスラーのようなファイティングポーズをとると、バックネット裏からグラウンドへ向かって、金網越しに気か何かを送るように、「はああっ」と深く長い息を吐き出した。

〈五番、キャッチャー、谷本、くん〉

夕方の甲子園球場に響く、うぐいす嬢の声が、あの頃の放課後に流れていた、下校を促す校内放送を思わせた。刺すように照りつけていた夏の陽射しも、いつしかやわらかみを帯びて、淡い光が球場全体をここからは見えない夕日色にうっすらと染めている。潮の香りを含んだ浜風が、吹き抜けていく。知らぬ間に色を変えてゆく頭上の空が、記憶の中に埋もれていた、あの放課後の空と手を結んで迫っていた。

――瀬戸内商業高校、続いてのバッターは、五番、キャッチャー、谷本、という打順。ワンアウト満塁から、榊原のヒットで一点、続いて安西がデッドボールを受けてさらに一点を追加して、四対二。なおもワンアウト満塁のチャンス！　粘り強さが持ち味です。絶対にあきらめない、それがチームの合言葉！　さあ今こそ、立ち上がれ！　ピッチャー第一球、投げた！――

打席のバッターは、軸脚に添えたつま先で、ぐいぐいと土を掘るような仕草でリズムをとりながら、ボールを待つ。ピッチャーの腕が振り下ろされたが、バットは動かない。

――ボウゥゥゥゥル！　初球、外にはずれてワンボウゥゥゥゥル！――

アナウンサーは語尾で舌を巻きに巻き、ドイツ語を発声するような大袈裟な抑揚をつけて昂奮していたが、それが普通に聞こえるくらいに、耳にしている側も感覚が麻痺しているようだった。

マウンドの光井投手が首をひねる。ひねりながら、白い歯をこぼす。笑顔をつくることが何より緊張を解《ほぐ》し、自分を落ち着かせるための、最善の手段であると心得ているように。

闘魂のテーマにあわせ、祈りを捧げるように女子生徒たちの悲鳴に近い声が繰り返し叫ばれる。タ、ニ、モ、ト！　タ、ニ、モ、ト！

少女たちの叫び声を聞いていると、彼女らと同じ年頃に見た風景が鮮やかに蘇ってくる。野球部の応援は大事な学校行事だった。合同練習をサボると、居残り練習をさせられた。古びた旧体育館の板張りの上で、カセットテープにエンドレスで録音された闘魂のテーマを繰り返し聞きながら、曲にあわせたかけ声や簡単な振りつけなどを嫌々やらされた。まるでやる気もなく膨れっ面で練習していたあの頃の自分が、ふと懐かしく呼び起こされた。

スコアボードに灯る三色のランプはいつしか、ワンストライク・スリーボールのカウントを示して光っている。

マウンドのピッチャーが首を傾げ、きつくなった浜風が、スコアボードの上に掲げられた両校の校旗をはためかせる。

――コントロールの良さが持ち味のセイユー光井ですが、どうしたのでしょうか。カウントは、ワン・スリー。甲子園で投げるということは、こんなにも、苦しくて、苦しくて、本当に苦しいけれど、エースから引き継いだマウンドをなんとか守り抜いてほしい、二年生ピッチャー光井！　ベンチから身を乗り出してマウンドを見つめているのは、七回までを無失点で抑えた先発のエース花山です。先輩が見守る中、セットポジションから……、第五球、投げました！――

どっしりと地上を踏みしめる二本の脚。よく鍛えられた厚みのある背中。右打席でバットを構える谷本くんの惚れ惚れするような後ろ姿。軸脚に添えた左のつま先でぐいぐいと土を掘るようにしてボールを待つ。タイミングにあわせ、一気にバットが振られるかと思ったが、その手が止まった。バットは、ほんのわずか動いただけだった。

主審は、動かない。

――判定はボウゥゥゥルッ！　微っ妙、な、ところですが、判定はボールのようです。フォアボールでまたも押し出しぃぃぃっ！　セトショウ一点追加で四対三！　その差わずか一点まで追い上げました！――

一斉に大歓声が沸いた。球場全体が揺れているようだ。

「判定は、まあ、神様の、匙加減やな……」おっちゃんが隣で呟いた。「ストライクでもええ球をボールと言う。ボールでもええ球をストライクと言う。野球は、審判がおるから、おもろいのや」

……神様の、匙加減。

おっちゃんの言うとおりかもしれなかった。

ボール球、というあのひとつの判定は、主審が下したというよりも、神様の匙加減だったのかもしれない。人々の熱狂と、女子高生の叫び、甲子園球場の異様な昂奮。二年生ピッチャーは、ここに棲んでいる魔物に吞まれてしまったのかもしれなかった。

――九回表、セトショウが追い上げを見せています！　この回三点を取って、現在四対三、セイユーのリードは一点に変わっています。なおもワンアウト満塁というチャンスに、ここで打席には、六番ファーストの清川が入りました。対するは、セイユーの二年生エース光井！　失点が少ないのが強みのピッチャーですが、ここへきて苦戦しています！――

マウンドでは、光井投手が首をひねり、肩をまわす回数が多くなっていた。

初球、ボール。

二球目、大きく空振り。

三球目、ボール。

白球が空に描く大きな放物線を見てみたい。きっと彼なら叶えてくれる、そんな気がした。巨体を揺らし、軽快なツーステップを踏み込んで、バットを構える。構えたバットの先端が、宙でくるくると小さな円を描く。

カウント、ワンストライク・ツーボールからの、第四球目。

泣き笑いするように歪めた表情でキャッチャーを見つめ、小さく頷いた光井投手が、セットポジションから、一気に右腕を振り下ろした。

腰を引きながら巨体をぐっと小さく縮こませたかと思うと、そうして引き込んだボールに対し、コンパクトにたたんだ腕で素早くバットを振った。身体の軸が美しいシルエットで回転し、回したバットが強烈にボールを叩きつけた。甲高い打球音が空高く舞い上がった。

——打ったああぁっ！　打ちましたあああ！　こ、れ、は、大きいっ！　伸びる、伸びる、伸びる！　ライトへぐんぐん伸びて……——

「入るか!?」

「入って！　お願い!!」

ボールの軌道に目を凝らす。落下するのは、フェンスの向こうか、手前か……思ったよりずいぶん手前、期待が先行しすぎたようだ。清川くんとよく似た体型をしたライトの選手が走り込んできた。夏の夕刻の明るい光に照らされた芝と、フェンスの壁がつくる影が落ちた暗い芝、くっきりとわかれた明暗の境界線上に立ち、グラブを突き上げた。上空を見上げたまま、前後左右に立ち位置を微妙に調整しながら、捕球の体勢をとっていた。立派な図体をくねくねとくねらせて、最後にパッと反り返った。

——落下点で待ち構えているのは、セイユー、エビカワ！　ダイレクトキャッチでツーアウト！　守備でも魅せます、見事なエビ反りキャッチ！　そこから素早くバックホームの体勢だ！——

三塁ランナーは、榊原くんだった。腹まわりにたっぷりついた肉を揺らし、榊原くんがものすごい形相で激走した。

七回の裏にトビウオのような横っ飛びでダブルプレーを演出した彼が、今度はホームベースに向かってダイヴした。

——レーザービーム！　エビ反りで反り返った反動を使って渾身の送球ですが、バックホームは間に合わなーい！　タッチアップからセトショウ三塁ランナーの榊原が生還して一点を追加！　四対四のどうてーんっ！　九回の表、試合は振りだしに戻りました！　勝負の行方はまったくわかりません。古豪対新星、壮絶な死闘となりま

した！──

瞳から大粒の涙を流している女子生徒の姿を、スコアボードの大型ビジョンが映していた。ブラスバンドのメンバーも演奏を休んで喜びを分かち合っている。制服姿の生徒たち、ベンチ入りできなかった野球部員や引率の教師たち、父兄や関係者、カメラのレンズが次々と喜びに沸く三塁アルプスの様子を伝えた。

バンザーイ、バンザーイ、バンザーイ！

自然発生した万歳三唱が、ウェーブになってスタンドをほぼ一周し、逆まわりして戻ってきた。セトショウを応援するムードがよりいっそう高まって、もともとこの球場はセトショウファンで埋まっていたかのようだ。

きれいなヒットで繋いだわけではなく、場内の雰囲気を味方につけて他力も借りて、泥臭く繋いだ四点だった。すべては目の前で起こったプレーの積み重ねなのに、奇跡のような同点劇だった。あともう少しだけ、奇跡としか思えないこのドラマを延長して欲しい。

──九回表、瀬戸内商業高校はノーアウト満塁という絶好のチャンスから、ヒット一本、デッドボール、フォアボール、犠牲フライで同点に追いつきました！　なおもツーアウト二、三塁というこの場面、続いてのバッターは、七番、センターの中村です！　逆転なるか、瀬戸内商業高校！　試合はクライマックスで大変な盛り上がりを見せています、最後まで目が離せません！――

走るー、走るー、オレーたーちー、流れーる汗もそのまーまーに
いつかーたどりーつい一たーらー、キミにー打ち明けられるだーろー♪

ブラバンの演奏にあわせ、セトショウ応援団が声を張り上げ歌っているのは、爆風スランプの『ランナー』だった。そのリズムにあわせ、いつしか球場全体から手拍子が起こり、コンサート会場のような様相を呈してきた。

三塁ランナーの安西くんは、ベースからじりじりとリードを広げ、今にも走りだそうとしている。解き放たれたように疾走する彼を見てみたい。

打席の中村くんは、突き出した臀部を振るようにしてリズムをとり、ボールが投げられるのを待っていた。絶対に打つ、打ち返す、という気迫が全身に漲っている。

――同点に追いついた瀬戸内商業高校、一気に逆転なるか⁉　苦しんで苦しんで苦しみ抜いた二番手ピッチャー。先輩から託されたそのマウンドを守りきれるか！二年生ピッチャー光井、今セットポジションから……第一球、投げました！――

場内に響いていた手拍子が、鳴りやんだ。

アナウンサーの「打ったあ！」という叫び声と、金属バットが放つ甲高い音が重な

った。どっと大歓声が沸き上がる。音の派手さを裏切るように、ボールは遠く空へ飛んでいったのではなくて、サードの手前の地面に強く叩きつけられた。飛びついたサードが、すぐさまホームへ送球した。

全速力で走り込んできた安西くんは日に焼けた両腕をきれいに伸ばし、プールへ飛び込むように頭からホームへ突っ込んだ。砂煙が舞い上がり、彼の身体を隠す。

アウトォォォッ！

重ねた瓦を一息に割るような切れのあるジェスチャーで、主審が無情な判定を下した。

ホームベースに滑り込んできた安西くんは動かない。

マウンドで両手を打ったピッチャーに笑顔が戻った。バックを守っていた選手たちも、仲間たちが待つベンチに向かって走りだす。

舞い上がる砂煙の中でただ一人、地面に伏した彼だけが、死んだように動かない。

九回の裏、泥だらけの彼がマウンドに上がった。

デッドボール、決死のスライディング、エースから託されたマウンド、一年生ピッチャーのプレッシャー。初めての甲子園、叶えられなかった父の夢、古豪復活を賭けた地元の期待。野球部とともに息を吹き返そうと奮闘する地元商店街。どれほどたくさんのものを背負っていても、彼は今、この瞬間を自分自身と闘っている。見ているだけで火傷しそうなくらいの熱を全身から溢れさせている彼を見て、そう感じた。

ピッチャーマウンドに立つ少年の姿、それは、私の知らない安西くんだった。目の前にいる少年の姿をとおして、あの日見ることのできなかった彼に、ようやく出逢えた。

九回の表を終えて、試合は振りだし。

最後になるかもしれないイニングを迎え、一塁側、三塁側、双方のアルプススタンドが総立ちとなり、緊張感はグラウンドを越えて、球場全体に広がっていた。

マウンドでは投球練習が行われ、一球受けるごとにキャッチャーが立ち上がっては何か声をかけ、彼がそれに頷いていた。内野の土の上に照明塔が大きな影を落とし、マウンドの彼をすっぽりと覆っている。

「ほんまにええ試合や、ドキドキするで。今日は、甲子園に来てほんまよかった」

「そう言えば……」ふと素朴な疑問が浮かんだ。いったいおっちゃんは、いつから甲子園に来ていたのだろう。

「そもそも、どこのチームを応援しに来たんですか？　チームじゃなくて、個人的に応援したい選手がいるとか?」

　私が来た時にはすでに、この最前列を陣取り、グラウンドに向かって叫んでいた。あの時、たしか第二試合でも、どちらかのチームを応援しているという様子ではなかった。この第三試合にいたっては、私がセトショウファンだからということで、一緒にセトショウを応援してくれている。

　この暑い中、念入りに準備した荷物をボストンバッグに詰め込んで、一人で球場に足を運んでいるわけだが、どこかのチームの熱狂的ファンというわけでもないらしい。

「応援してるチームとか、選手とか、そんなんはない。あの子ら、みんな、おっちゃんの息子や」

「え?」

「うちのセガレもな、その、野球しててな。そやから、なんや、応援したいねん、みんな……」

　言葉の意味はよくわからなかったけれど、なんとなくそれ以上は訊かなかった。グラウンドを見つめるおっちゃんの横顔は、射し込んだ光が輪郭だけを浮き上がらせていて、その表情を見ることはできなかった。

　――四対四の同点に追いつかれた聖友館、九回裏の攻撃は、九番サード小池からという打順です。四点を追い上げたセトショウはなんとしてもここを抑えて延長戦へもっていきたいところ。一方の聖友館はサヨナラの場面を迎えることができるでしょうか。瀬戸内商業高校一年生ピッチャー安西勇気、今大きく振りかぶって……第一球、投げました！　ストライーク！　一四〇キロのストレートがズバッと決まりました。安西投手、真っ向勝負で挑みます！——

初球がストライクに決まって、ほっとする。

一球入魂、文字どおりの投球だった。バックネット裏の最前列からは、球を投げきる時に彼が吐く荒い息遣いまでが、耳元にじかに聴こえてくるようだ。

ここは、彼を見つめるための、特等席だ。

ピッチャーマウンドを中心にして円を描くように均された土。甲子園球場のグラウンドは、あのマウンドを基点にしてぐるぐると円を描きながら拡がっているように見えた。ピッチャーマウンドは今、世界の中心だ。

コ・イ・ケ！　コ・イ・ケ！

総立ちになった一塁アルプスの応援団が、バッターの名を連呼する。

マウンドの彼が投球を重ねるたび、息がつまるような緊張感が高まってゆく。バッターが粘った末の、八球目。打った瞬間にバッターが走り出した。転がってきた球を掴んだサードが一塁に向かって送球する際、わずかに握り直したその隙に、小池選手は猛スピードでファーストベースを駆け抜け、塁審が大きく両腕をひらいた。

――一塁、セーフ！　ノーアウト一塁！　先頭打者が出塁しました、聖友館！　バッターは打順一番に戻って、野村です。走攻守、三拍子そろった器用なタイプの選手です……あっ……と、ここで野村はバントの構え！――

バッターは小さく屈み込み、寝かせたバットを小刻みに動かしながら、タイミングを待っていた。安西くんが高々と腿を上げ、右腕を振り下ろす。その美しいシルエットを西日が照らす。さらに屈み込んだバッターが寝かせたバットを押し出すと、木琴の鍵盤を一度だけ叩いたような軽やかな音色が響き、ボールが転がった。

――バント成功っ！　一発で決めました、セイユー野村！　ナイスバントで、ランナーを二塁に進めます！――

あっというまだった。

グラウンドから目を逸らすことなくじっとこうして見つめているというのに、気づけばランナーがセカンドベースにまで進んでいる。九回表同様、今度は一塁アルプスの応援が球場全体のリズムをつくりだそうとしていた。サヨナラを期待するムードが高まって、加速していくブラバンのテンポに、心の中のリズムまで持っていかれそうだ。

「落ち着いていったらええねん！」

立ち上がったおっちゃんは、注目！　とでも言うように、メガホンを頭の上で叩いた。

「セトショウの諸君！　こういう時は、いったん深呼吸したらいいねんて。流れに呑み込まれたらアカン！　しっかり目ぇひらいて、心で感じて、全身全霊で、最後の最後まで闘うしかない！」

おっちゃんの声が彼の耳に届くはずはなかったが、まるでその言葉に導かれたように、マウンドで彼は眼をとじて、固く握った拳をそっと胸にあて、大きく吸い込んだ息をゆっくりと吐き出した。

――サヨナラのランナーを二塁において、バッターは、二番ショート三好ぃっ！創部三年目で夢の甲子園初出場を果たした彼らは、これまでに血の滲むような努力を積み重ねてきました……親元を離れ、住み慣れた地元を離れ、甲子園を目指すため、同じ夢を求めて集まった仲間たち。その父や母、彼らの家族もあたたかい眼差しで、今この舞台を見つめていることでしょう。さあ、今こそ、すべてをこの一本のバットに託します……――

クライマックスを盛り上げようとしているのか、早口に語るラジオの実況が、いつしかセイユー側に傾きつつあるのを感じながら、私は思った。

これまでずっと、夏の甲子園で闘う香川県代表チームを応援しようという気持ちになれなかった。それは単に野球に興味がないからだと思っていたけれど、そうではないことに、今になって気がついた。セトショウ以外のチームは、たとえ同じ地元のチームであっても、負けられない好敵手だったからだ。野球にも甲子園にも地元の町にも、まったく興味がないと言いながら、心の底にはずっとそれらが消えずにいた。

マウンドに立つ少年のユニフォームを、浜から吹く風が波打つように撫でていく。幅のある肩先を、日に焼けた腕を、セトショウのマークが入った胸元を、逞しく張りのある腿を、まっすぐに伸びる膝下を、彼のすべてを撫でていった浜風が、汗で湿った私の髪を靡かせる。

——同点に追いついたその裏、ここはなんとか踏ん張りたい！　ピッチャー安西、今脚を上げ……、第一球、投げました！——

打席では小柄な少年が、その時を待っていた。骨ばった小さな背中は、バットが振り切られた瞬間に、その印象をがらりと変えた。薄い筋肉を強ばらせていた背中が、弾けるように躍動した。

強い打球音が鳴ったと同時に、マウンドで、彼が膝をつき、倒れた。

——ピッチャー強襲うっ！　安西、倒れたああっ！——

苦しげに顔を歪めて地面を這い、ボールを掴んだ彼は、伏せた状態からなんとか一塁へ送球したが、間に合わなかった。

——ピッチャー強襲のあいだに、ランナーは一、三塁へ進みます！　おっと……

安西は大丈夫でしょうか？　なかなか立ち上がることができません！　九回の裏、ワンアウト一、三塁、聖友館はサヨナラのチャンスです！――

とっさに伸ばした右手に、強烈なボールが当たっていた。地面に突っ伏した彼は、乾いた土に額をこすりつけたまま、起き上がらない。

まるで自分の子供が傷ついているのを見守っている母親のような心境だった。

（この子ら、みんな息子や）

さっきおっちゃんはそう言ったけれど、私もまた自分が彼をこの世に産み落としたような、あり得ない感覚が身体の奥のほうで疼きだしていた。誰かを守りたいという強い想いを抱いた人には、無敵の力が与えられるのかもしれなかった。今ならば、迫りくる戦車を投げ飛ばしてでも、血に餓えた獣と戦ってでも、どんなことをしてでも、地面に倒れている彼を救える気がした。彼だけではなくて、グラウンドで懸命に闘う少年たち、敵も味方も関係なく、彼らすべてを、自分の分身のように感じていた。

「これは、死闘や……」おっちゃんが呟いた。

グラウンドにいる誰もが、死にもの狂いで闘っている。

ようやく立ち上がった彼の瞳の奥に、小さく燃える炎が見えた気がした。

――三塁ランナーがホームにかえればサヨナラ！　ワンアウト一、三塁、犠牲フライでも一点というチャンスです！　ここで打席には、三番の高木という好打順。セトショウの安西は、ピッチャー強襲の球を右手に受けておりますので、その影響が心配ですが、なんとか凌ぎたいところ。意地と意地とのぶつかりあい、新星セイユーか、古豪セトショウか、野球の神様は、どちらに微笑むのかあああ⁉――

左打席に入ったバッターは、手首をくるくる回しながら、バットをぐるぐる回転させた。バットが風車の羽根のように回転するたび、空気が縦に切られた。そうしてバットはぴたりと止まり、ボールを待つ構えをとった。

――セトショウ、ピッチャー安西……、第一球、投げました！――

さっきまで縦に空気を刻んでいたバットが、大きく横に振り切られた。

カンッ！　ロケットが発射されたように、白球がすっ飛んでいった。

両方のアルプスから悲鳴が上がる。

――打ったあああ！　打ち上げました！――

ショートの田原くんが、上空を見上げながら両手を伸ばしていた。落下したボールが、待ち構えていた田原くんのグラブの中に吸い込まれた。一塁アルプスからは落胆の溜息が、三塁アルプスからは安堵の息が吐き出された。

スコアボードの大型ビジョンに、アルプス双方の様子が映しだされる。どの顔も、火傷したみたいに、額や頬が真っ赤になっている。日焼け対策をしていると思われる女子生徒や、女性客たちでさえ、痛々しいほど両の頬が赤く腫れている。自分がいったいどんな顔をしているのかここで確かめることはできないが、私も同じ状態になっているのだろう。日焼けなんて、もうどうでもいい。

——ショートフライで、ツーアウト一、三塁！　まだまだ試合の行方はわかりません！　ここでセイユーの四番打者、蛯川が打席に入ります！　富山大会では四本のホームランを放った怪力の持ち主の登場です！　長打力があります、一発があります、頼れる主砲のバットに注目です！——

スーパースターの登場に、一塁アルプスから明るい歓声が上がった。

これで見納めになるかもしれないエビ反りバッターに、球場全体から盛大な拍手が送られる。登場するたびに客席を喜ばせ、たくさんの見せ場をつくってきた彼は、間違いなくこの試合を盛り上げた立役者の一人だった。

ツーアウトまできたのだから、なんとかあと一人、そう願っていたのに、そのあと一人がよりによってホームランバッターの四番打者とは。本当に、野球は観るほうも気が抜けない。

「出たでぇ、エビ反りっ！」

おっちゃんが指をさした先で、蛯川くんが両手で持ったバットを高く突き上げた。

そのまま背中を一回、二回、三回……ぐっぐっぐうっと後ろ向きに深く反り返らせた。

バットの先が地面につこうかというほどのエビ反りになって、バッターボックスの上に全身でアーチを描いた。

——セトショウ一年生ピッチャー安西と、セイユー四番打者蛯川との対決！　ピッチャー、第一球、投げました！——

ストライーク！　主審ががっちりと拳を握る。

おおおうっ。派手な空振りに、唸るような溜息があちこちで漏れ聞かれた。

ダイナミックなスイングに、ヒヤッとした。あれでボールが捕らえられていたなら、一溜まりもない。

甲子園球場全体が、極度の緊張感に包まれていた。ファールとホームラン、その運命の境界線となる黄色いポールまでもが、緊張に震えるようにして上空へ伸びていた。

四万人の大観衆の視線が、ピッチャーマウンドに注がれる。

熱視線を全身に浴びた彼が、高々と腿を上げる。やわらかな光がふりそそぎ、彼の美しい輪郭を際立たせる。溜め込んだ力を爆発させるように腕が振り切られ、白球が宙を切り裂く。

バッターが、大きく踏み込む。

カンッ。バットに掠ったボールがキャッチャーの後ろへ転がってゆく。

おおおうっ。唸るような溜息が、方々から吐き出される。

——カウント、ツーストライク、ノーボール！　四番バッター蛯川が早くも追い込まれました！――

あと一球、あと一球、あと一球……。

お願いだから、あと一球……。あとひとつのストライクが入りさえすれば、延長戦に突入できる。ひたすら念仏のように唱え続けるしかない。あと一球、あと一球、あと一球……。

それから四球続けてファールで粘られ、そのあとにバッターが見逃した三球はすべてボール球の判定。カウントはまたいつしか、運命の、ツー・スリー。

打席のバッターが、これまでで最大級というエビ反りを披露し、客席から大拍手が起こった。

その様子をマウンドから涼しげに見下ろしていた彼が、セットポジションから一気に右腕を鞭のように鋭くしならせた。反動で身体が回転し、あの薄くて広い背中が見えた。どんなもんじゃいっ！　空耳のように聴こえた声は、彼の、それとも、安西くんの……？

――インコーッス、速球っ！　ううううう、きわどいボールでしたけれども、フォアボール！　蛯川すばらしい選球眼です！　なんとこれでツーアウト満塁！　バッターは五番キャッチャー、チームキャプテンの矢崎が打席に入ります！――

一塁アルプスが、スタンドごと赤く揺れているようだった。歓声がいつまでも鳴りやまない。

　ぎゅっと唇を噛みしめて、ピッチャーマウンドから空を見上げていた彼が、くるりと後ろを向いた。どうしたのだろう、怖じ気づいてしまったのだろうか。見覚えのある背中を眺めながら、その姿勢の意味を私は考えた。バックで守る仲間たちと、何か言葉を交わしているのだろうか。どうやらそうでもなさそうだ。彼の視線はずいぶんと上のほうに向けられていた。

　私はそれを見つけて、息を呑んだ。……『ＳＫＹ　ＷＡＹ』……。

　どうして今まで気がつかなかったのだろう。グラウンドを取り囲むように聳えている六基の照明塔にはそれぞれ企業の広告ボードが設置されていて、そのうちのひとつ、ライト方向の照明塔のいちばん高い場所にそれはあった。安西くんが就職したスポーツ用品メーカーの、ロゴマーク。それはまるで甲子園という聖地で、高校球児たちが繰り広げる熱戦をいつも静かに見守るように、掲げられていた。

　プロ野球選手にはなれなかったけれど、野球にたずさわる仕事をずっと彼は続けている。誰にでも、夢の続きはある。そして今、マウンドに立つ少年は、父親に背中を押されるように、勇気を得たに違いない。

　前に向き直った彼は、ユニフォームの胸を右手で握りしめるようにして目を瞑り、深呼吸した。

――九回の裏、聖友館の攻撃は、ツーアウト満塁、サヨナラのチャンスに、バッターはキャプテンのキャッチャー矢崎！――

アルプスは一塁側も三塁側も、どちらが攻撃でどちらが守りの応援なのかわからないほど、両チームともにひたすらな応援合戦となった。

燃えろ、燃えろ、ユ・ウ・キ！

燃えろ、燃えろ、ユ・ウ・キ！

守備のあいだは、ブラスバンドの演奏はない。三塁アルプスはただ声を張り上げているだけの応援なのに、地面を揺り動かすようなその叫び声は、かえって迫力があった。アルプスに陣取った一団、同胞たちの粘りのある声援。気持ちでだけは絶対に負けない、あきらめないという姿勢を見せ続ける彼らが誇らしかった。

壮大なアルプスの光景をはるか眺めていると、不意に、謎が解けた気がした。

海辺の町で暮らした少女時代があんなにも輝いて見えるのは、今現在が色褪せているからではなくて、あの頃の多感な感受性が今の自分には失われているからだ。それは失ったのではなく、あの時代にだけ与えられていたものがあったのだ。きっと今の私にも、あの頃には知ることのなかったものを与えられて生きている。見るものすべてを眩しく映すことはできなくても、見えないものまで見つめようとするこのふたつの瞳に、私は彼の姿を焼きつける。

あなたは、たくさんの人に守られているから、きっと大丈夫。ピッチャーマウンドで世界じゅうを睨んでいるような彼に、語りかける。

一瞬の静寂のあいだに溜め込んだすべての力を炸裂させるように、彼が、安西くんが、右腕を振り下ろす。

大きく回ったバットは、空を切った。が、バッターの足元でバウンドした球をキャッチャーは捕らえることができなかった。ボールは勢いよく後方へ跳ね上がり、すかさず三塁ランナーが突っ込んできた。

あまりにあっけない最後、痛恨の、ワイルドピッチだった。

9　この空の下に

「逢いたかった人に、逢ってきたんか？」

　バックネット裏のグリーンシートに戻ってきた私は、おっちゃんの隣に腰を下ろしながら、小さく頷いた。

「それは何よりや。姉ちゃん、ほんまによかったな。今日、ここへ来てほんまによかったな」

「おっちゃんのお蔭です、ありがとう」

「なんもしてへん。姉ちゃんの日頃の行いがええからやろう」

　予定されていた三試合のすべてが終わり、四万人の大観衆が退散していく。場内にあるすべての出入り口には人の波が押し寄せている。この大混雑に突入する気分にはなれないし、もうしばらくここにいて、甲子園球場の雰囲気を味わっていたかった。どうやらおっちゃんも同じように、試合後の余韻に浸っていたいらしく、席を立つ気配がない。

「勝って祝杯といきたいとこやったけど、みんなよう頑張ったたし、ええ試合見せてもうた、とにかく乾杯や」

「それならコーラで乾杯したい」と私は言った。

「よっしゃ、まかしとき」

バイトの売り子たちもまた、一日の仕事を終えて、燃え尽きたような面持ちで引き揚げていくところだった。売れ残った商品を運んでいる若者に向かって、おっちゃんが手を上げた。

「おーい、兄ちゃん！　コーラちょうだーい。ここへコーラふたつほどもってきてぇな」

Lサイズの紙コップに入ったコーラで乾杯し、ストローで一気に吸い上げると、きつい炭酸が渇いた喉を直撃し、冷たいコーラが五臓六腑に沁みわたった。

ぷっはー。

コーラがこんなにおいしい飲み物だったなんて、知らなかった。見上げた夏の夕空は、昼間とは違うやさしい色をしていた。オレンジ色の光に照らされた浮雲が、遠く彼方まで続いている。

明日の試合に向けて、グラウンドの整備が始まった。

グラウンドキーパーたちが慣れた様子で着々と作業を進めていく。専用の小型車で土を均し、ピッチャーマウンドを中心に弧を描く。くるくると周回をかさねながら、水を撒いて湿らせた土の上に美しい螺旋を描いていく。明日もまたこの舞台で繰り広げられる熱闘のために。

私は右手をひらき、もう一度、彼の感触を思いだした。

ベンチ裏の通路に出てきた彼は、いつか彼の父親がそうしたように、周りを憚ることなく声を上げて涙を流していた。汚れた腕で濡れた頬をこすりながら、前も見ずに歩いてくる彼の前に私は立ちはだかった。

「来年もまた、甲子園につれてきてください」

突然目の前に差し出された右手を、きっと彼は放心したまま握り返してくれたのだろう。そうして無意識のうちに、見知らぬ人の願いを聞き入れ、約束を交わしてくれたのだ。通路の向こう側へ仲間たちとともに消えていく彼の姿、背の高い見覚えあるその後ろ姿を私はじっと見送った。

たぶん、人生で、二度目の、握手。それ以上あったのかもしれないけれど、記憶にない。あるのは、安西くんとその息子、三十六年間生きてきて、たった二人しか憶えていない。

手と手を握りあうという一瞬のふれあいは、ありふれているようで、稀な出来事だ。数えきれないほどのキスをした人でさえ、手を繋いで歩くことはあっても、意外とその行為には及ばない。同時に差し出した互いの手の温もりは、永遠の記憶として刻まれる。

私は右手を握りしめ、そっと胸にあてた。

「スカッとさわやか！　コカ・コーラ！」

突拍子もなく叫んだおっちゃんの声が、グラウンドに反響する。メガホンを通さなくても、人気《ひとけ》のなくなったスタンドにその声はよく通った。おっちゃんに負けじと、私も叫んでみる。

「コーラの海で、泳ぎたーい！」

コーラの海で泳ぎたーい、コーラの海で泳ぎたーい……。広い甲子園球場に、自分の声が、知らない誰かの声で木霊《こだま》する。

「姉ちゃん、おもろいこと言うな。コーラの海か、めっさ目ぇ痛いで」

野球を観たあとに飲むコーラは、コーラの海で泳ぎたくなるくらいにおいしかった。きっと練習のあとに飲むコーラもたまらない味がしたのだろう。目をとじて、安西くんが夢にまで見たというコーラの海を想像し、そこで泳ぐイメージを浮かべてみる。透きとおるような褐色の炭酸水、甘く、弾けるような海の中を安西くんと二人で泳ぐ。練習が終わったばかりの彼はユニフォームのままで、彼が練習する姿をずっと見ていた私は制服のまま、泡が弾ける水の中を笑いながらどこまでも泳いでいく。なんだか遠い昔、本当にそんなことがあったような気がしてくる。

グラウンドキーパーたちは、脇目も振らず黙々と作業を進めていた。誰一人こちらを振り返りもしない。大声で意味不明の言葉を叫ぶという行為も、この場所ではそう珍しくもないのだろう。

願いは届く。奇跡は起こる。甲子園が、それを証明してくれた。

「姉ちゃんのおかげで、今日は楽しかった。なんや、久しぶりに上の娘とデートしたみたいやった。おおきに」

「娘さん……？」

「下のができてから、娘のことを姉ちゃんって呼んでたら、自分で自分のこと『姉ちゃん』て言うようなって。もう成人するいう娘が、いつまでも自分で自分のこと姉ちゃんて、それはアカンやろ言いながらな……結局ずっと、姉ちゃんのまんまやったけどな」

「それじゃあ、息子さんが野球をしてたっていう……」

「そうや、セガレはもう野球ばっかりやっとった。父ちゃんを絶対に甲子園につれてったるねん、言うて、誰も頼んでもないのにな」

「最近は逢ってないんですか？　お嬢さんや、息子さんに」

「逢ってないなあ……、もう長いこと……」

ふとそれが、父の呟きに聞こえた。もうどれくらい父に逢っていないだろう。

「逢えへんようになって、もうずいぶんになるなあ。娘も、セガレも……母ちゃんも……」

「ご家族は、どこか、遠くへ……？」

訊きながら、自分の声が震えていることに気づいた。

「遠いなあ。いや、もうだいぶ近こうなったかなあ」

もうそれ以上、何も話さなくていいから、なぜだか心がそう叫んでいた。

「震災でな……」

おっちゃんの言葉が短く途切れた瞬間、背後に潜んでいた誰かに、烈しく後頭部を殴打されたような痛みが走り、目の前が暗くなった。

「みんな、死んでもうた……」

急に酸素が薄くなったみたいに、息をするのが苦しい。

震災、という言葉を耳にすると、それを経験したわけでもないのに、思考が停止されるような状態になってしまう。関西で生活するようになって、いつからか、そうなっていた。

それは、経験した人たちがふと見せる表情や、偶然聞いた話、普段は震災について口にしない彼らが、決して震災を忘れられないのだと思い知る出来事に遭遇したことが、きっかけだったのかもしれない。

――震災で、何もかもが、変わってしもた。――

いつか源さんが呟いた言葉もそうだった。多くを語らずとも、その一言に、計り知れないほどの無念が滲んでいた。

安西くんと歩いた神戸の街のどこにも悪い予感などなく、街のすべてが、光で溢れていた。三年前にふたたび訪れた神戸は、あの頃よりもさらに洗練された都会の街に生まれ変わっていた。私の知らない時間、風景があったことなど、今では想像もできない。

震災が起きた時のことは、よく憶えている。

テレビで繰り返し流される映像をどれだけ見てもそれは信じ難く、今まさに同じ日本で起こっている出来事、同じ日本人が体験しているのだと理解することが難しかった。波打つようにめくれあがった線路。落下した橋げた。横倒しになった高速道路。黒煙を噴き上げ燃える街。なす術もなく赤い炎に呑み込まれてゆく街。焦土と化した街。テレビがどれだけその映像を垂れ流しても、信じることができなかった。

安西くんと二人で歩いた三宮のアーケードは崩れ落ち、二人で眩しく見上げた百貨店の壁面が歪んでいた。私たちがあの日歩いた街並みと、テレビが映しだす映像とが同じ場所だとは信じられず、いつまでもテレビの前に座り続けた。

かつて歩いた神戸の街を思い浮かべながら、その時隣にいた安西くんのことを想った。高校を卒業し、スポーツ用品メーカーに就職した彼は、四国営業所に配属されたあと、大阪本社に転勤になったと聞いたことがあった。そのまま彼が大阪にいたのか、それともまた違う場所へ移ったのか、あるいは四国へ戻ったのか、その後の安否が気がかりで仕方がなかった。西の大都市が壊滅しているのが嘘のように、平然と日々が過ぎてゆく東京で、私はいつまでもテレビを眺め、新聞を読み漁った。

そんなふうに自分が体験したわけではない震災というものに、引き寄せられてしまうのは、彼の存在があったからだろう。

そうするうちに、実際には見ていない風景や、聞いていない声、空気を震わす不気味な気配まで、私の中に、まるで自分のものとして溜まっていった。

ある母親が子供たちに言った。「布団かぶってじっとしとき」それが最後の言葉になった。またある母親は、寝ていた一階から子供部屋がある二階へ向かう途中で柱の下敷きになって死んだ。寝ている子供たちの上にとっさに覆い被さり、力尽きていった父親もいた。

被災した街に私が見たのは、生まれ育ったあの町の幻影だったのかもしれなかった。震災で死んでいった人たちと、自分の家族とを無意識のうちに重ねあわせながら、その現実がどういうことなのかを考えようとしていたのかもしれない。

古い商店街をつくるのは、長屋のようにして建ち並んだ店舗兼家屋で、町じゅうの人が親戚のように、あるいはそれ以上に深く関わりあいながら暮らしていた。もしもあの町に震災が起こったなら……そんなことは想像すら苦しくてできない。

「おっちゃん……」

何か声をかけたいのに、言葉が出てこない。つらかったね、悲しかったね、寂しかったよね……言葉では追いつけない現実に、打ちのめされていた。

「なんや……湿っぽい話で、えらい悪かったな」

髪の毛をグシャグシャと無造作に掻き回し、おっちゃんは笑顔を見せた。

「なんのために生きてるかなんて、どれだけ考えたって、答えはない。生きる意味を考えるより、今こうして生きてることを感じることに意味があるんとちゃうやろか。そない慌てることはない。いずれ、逝く。じきに逢える。あっちへ行った時に、胸を張って逢えるように、この世で精一杯やれることをやるしかない。それしかないやろう、それしか」

絶句したままの私の目を覗き込んで、おっちゃんが笑った。

「それにしても、姉ちゃん。なんちゅう顔や」

「かお？」

「なんで姉ちゃんが泣かなアカンねん？」

自分でも知らないうちに、涙が頬を伝う悪い癖。でもこれは、いつものとは、違う。

「この涙は、私のじゃない。これは、おっちゃんの……」

誰かのために流した涙、というのとも違った。その涙は、まるで自分とは無縁のものだった。いつか誰かが堪えた涙が、まったく違う他人の身体を通して溢れだす、そういう現象だった。理屈では説明できないけれど、感覚で実感する、不思議な体験だった。誰かがどこかで堪えた涙や、揉み消したままの哀しみ、そんなものが風となり光となって、また知らない誰かが、そうとは知らずにそれを受けとる。そんなふうに巡り巡って、この世界は成り立っているのかもしれなかった。

おっちゃんの右手の親指が、私の涙を拭っていった。

「おっちゃん、頑張ってな！」

ようやく絞り出した、ありきたりな言葉に、私は想いのすべてを込めた。

「おうっ、頑張るで。姉ちゃんも、頑張らなアカンで」

「ほ、ほやね。そやわいね……」

関西弁なのか、四国の訛りなのか、よくわからない言葉をおかしなイントネーションで私はしゃべっていた。

「なーんも、心配いらん。なんもかんも失くしても、ここにあるもんだけは誰にも奪えへん。自分だけのもんや」

おっちゃんは右手の拳で自分の胸を叩いた。

「姉ちゃんも、人生これからやで」そして思いだしたように、こうつけ足した。「姉ちゃん、あんまり一人でいることに馴れたらアカン。はじめに姉ちゃんの顔見た時、なんやえらい寂しそうに見えたさかい」

自分自身が無視していたはずの、置き去りにしていたもう一人の私を、おっちゃんは最初から見つけてくれていた。

「おっちゃんこそ……」

「おっちゃんは、おっちゃんやから、ええ。けど、姉ちゃんは、女の子やさかい」

「女の子ちゃいます。もうオバちゃんです」

「そんなん、言わんでもわかってるがな」

「もう！」

私はゲンコでおっちゃんの肩を思いきり叩いた。

おっちゃんは照れ笑いを隠すように、髪の毛をさらに掻き回した。きれいに撫でつけられていたオールバックは今ではもう、永遠に答えが出ない研究に髪を振り乱しながら人生を捧げてきた老博士が、最後にもう一度髪を掻き回したあとのような有様だった。

今日、おっちゃんは何度も何度も私を呼んだ。姉ちゃん、姉ちゃん……声を弾ませ私を呼んだ。あきらめたらアカン。腐ったらアカン。気持ちで負けたら終《しま》い。自分を信じること、仲間を信じること、一人ぼっちでは決してない。グラウンドに向かって叫んでいた声が、そのまま私の胸に刻まれていた。

雲は流れ、空は刻々と色を変えていた。

昼間の青空に浮かんでいた夏雲は、白く透きとおって光っていたけれど、夕空に広がる雲は、重く陰影をつけながら、最後の光を放っている。それは、宗教画に描かれた神々の躍動的に隆起する肉体を思わせた。グラウンドの上に広がる大空のスクリーンに、神話を織りなす神々たちの姿が見えた気がした。

その時、ナイターの明かりが一斉に灯り始めた。

グラウンドをとり囲んでいる六基の照明塔から無数の光線が放たれ、明日の試合に向けて整備が進んでいくグラウンドを照らした。ライト方向の外野席にある照明塔の、いちばん高い場所。『ＳＫＹ　ＷＡＹ』の文字が眩しい光の中に浮かび上がった。

今日も一日、おつかれさま。全力プレーで闘った球児たちも、それを見守った大観衆も、ラジオのアナウンサーも、うぐいす嬢も、グラウンドキーパーも、アルバイトの売り子たちも、みんなみんな、おつかれさま。明日もまた甲子園で野球が行われますように。

光が溢れだした甲子園球場を、おっちゃんは眩しげに見つめていた。試合が終わったグラウンドに向かって、たくさん語りかけることがあるのだろう。

「そろそろ、帰ろうかな。おっちゃん、おおきに」

「気ぃつけて帰りや。姉ちゃん、達者でな」

ほとんど同時に、互いの右手を差し出した。おっちゃんの分厚い手。たくさんのものを守り、闘ってきたその手の温もりが伝わってきた。掌を介して、互いの身体の中を何かが通り抜けたような感触があった。電流のような、何か。私にとってそれは、これまで知ることのなかった、新種の愛、とでもいうべきもの。おっちゃんは、私が握手をした、三人目の貴重な男となった。

遠く空には一番星が光っていた。

球場と駅とを結ぶ土産物屋が並んだ通りには、人がまばらにいるだけで、昼間の混雑ぶりが嘘のようにひっそりとしていた。静かなその通りを、空を見上げながら駅へと向かう。

この空の下のどこかに、あなたは今日もいる。そう思うと、それだけで、幸せだった。もう二度と逢うことはないのかもしれないけれど、あなたが幸せであるように、これからもそっと遠くから祈っている。

梅田行きの阪神電車がホームに滑り込んできた。空いた座席にすわり、そっと右手をひらき、そして握りしめた。

私はもう誰かの影を探したりしない。こうして右手を見れば、それで充分だった。
電車はゆっくりと動きだし、窓の向こうの甲子園が遠ざかっていく。

本書は、二〇一〇年十月、弊社より刊行された単行本を加筆・修正し、文庫化したものです。

本作品はフィクションであり、実在の人物・団体などとは一切関係がありません。

文芸社文庫

甲子園でもう一度きみに逢えたら

二〇二一年六月十五日　初版第一刷発行

著　者　片瀬真唯子
発行者　瓜谷綱延
発行所　株式会社　文芸社
〒一六〇−〇〇二二
東京都新宿区新宿一−一〇−一
電話　〇三−五三六九−三〇六〇（代表）
〇三−五三六九−二二九九（販売）

印刷所　図書印刷株式会社
装幀者　三村淳

ISBN978-4-286-22474-9
JASRAC 2102871-101